小 说 集

地火升腾

何喜东 著

北方联合出版传媒（集团）股份有限公司
春风文艺出版社
·沈阳·

图书在版编目（CIP）数据

地火升腾/何喜东著. —沈阳：春风文艺出版社，2021.10
ISBN 978-7-5313-6086-5

Ⅰ. ①地⋯ Ⅱ. ①何⋯ Ⅲ. ①中篇小说—小说集—中国—当代 ②短篇小说—小说集—中国—当代 Ⅳ. ①I247.7

中国版本图书馆CIP数据核字（2021）第190031号

北方联合出版传媒（集团）股份有限公司
春风文艺出版社出版发行
http://www.chunfengwenyi.com
沈阳市和平区十一纬路25号　邮编：110003
沈阳市昌达印刷有限公司印刷

责任编辑：姚宏越	责任校对：陈　杰
封面设计：黄　宇	幅面尺寸：145mm × 210mm
字　　数：160千字	印　　张：7
版　　次：2021年10月第1版	印　　次：2021年10月第1次
书　　号：ISBN 978-7-5313-6086-5	
定　　价：50.00元	

版权专有　侵权必究　举报电话：024-23284391
如有质量问题，请拨打电话：024-23284384

| 序 |

"采油树"上开出的花朵
——序何喜东短篇小说集《地火升腾》

徐 可

青年作家何喜东的小说集《地火升腾》即将出版，我由衷地为他高兴。

喜东是鲁迅文学院第三十六届中青年作家高研班学员。鲁迅文学院是青年作家向往的"文学的殿堂"，是培养优秀作家的"摇篮"。能够进入鲁院特别是鲁院高研班学习，是很多青年作家的梦想，也是一份荣耀。因为高研班录取条件比较严格，必须在创作上已有一定成就者才有资格参加。所以，能够上高研班的，都是本地区或本领域作家队伍中的佼佼者。"鲁36"是我主持鲁院工作后招收的第一个高研班。人生中有很多第一次，无论是什么第一次，都会格外珍重。我对"鲁36"也是如此，感觉上格外亲些。"鲁36"的学员们也很活跃，我们经常一起聊天，话题非常广泛，并不限于文学。不敢说打成一片吧，但无拘无束倒是肯定的。我喜欢跟这些年轻人在一起，他们朝气蓬勃，充满活力，视野开阔，对文学抱有虔诚的炽热的爱。

喜东在班上是年龄比较小的，他来自石油作协，话不多，但为人谦虚、朴实、诚恳、热情，有礼貌。这几个词都很普通，但并不是所有人都能做到。鲁院每年培训的作家有好几百人，我能记住的只是极少数。喜东不算活跃分子，但是我偏偏记住他了，我想，可能是因为他身上有一种让人温暖的感觉。我在心里默默喜欢这个总是面带微笑的小伙子。

离开鲁院后，喜东还跟我保持微信联系，不多也不少，不热也不冷，很有分寸。给我的感觉，还是在鲁院的那个喜东，话不多，但大方得体。我们谈的话题主要还是文学。喜东经常向我谈及他的创作情况，也就一些问题征求我的意见。我看到他在创作上不断进步，作品越来越厚实，打心眼儿里为他高兴。喜东说，到鲁院学习之前，他像困在黑黢黢原油里的雏鸟，幻想着长出一双结实的翅膀。鲁院像一个熔炉，让他完成了从自发写作向自觉写作、从业余写作向专业写作的转变。我相信，这不是客套话，而是他真切的感受。很多从鲁院走出去的作家，包括已很有成就的大作家，都有过同样的感受。这说明喜东有悟性，鲁院高研班四个月的学习，他确实学有所获。从他的作品中，我也能看出这种变化。

喜东是石油战线的作家，他的工作单位在长庆油田，他在那里出生、成长、学习、工作，亲眼看到也亲身参与了石油人为国家和人民所做的平凡而伟大的工作。长庆油田是我国第一大油气田，地处鄂尔多斯盆地，北部是荒原大漠，南部是黄土高原，自然环境十分恶劣。长庆石油人怀着"我为祖国献石油"的崇高使命，在极为艰苦的条件下开发、建设起这座油田。很多年前，我曾经去过长庆油田，当时的条件还相当落后。喜东对油田有感情，对石油人有感情，理解他们的酸甜苦辣。鲁院高研班的学习，让他更加明确了自己的文学追求。他决心以石油为创作坐标，以笔为镐，深挖石油文学富矿，让更多读者了解石油人的悲欢离合，致敬为信仰而活着的人们。这是喜东的文学理想。小说集《地火升腾》，就是喜东交出的一份优秀答卷，是"采油树"上开出的一枝花朵。

《地火升腾》中的每一个故事写的都是同一个题材——石油行业和石油人。《黑金》讲述的是一个发生在铁角城的反盗油的故事，小说人物不多，却都鲜活生动，个性鲜明。在个体之需与集体之要、小我与大我之间的矛盾与撕扯中，保安队长陈海峰最终选择了后者。《薄如蝉翼》是自传体小说，通过"我"的爱情和成长，展现石油生活的艰辛，以及在时代高速发展的当下，石油人的独特生活方式和心理挣扎。《一颗滚石》记录了一段青梅竹马的"油三代"之间的友情。《地火升腾》以回望油田发展的视角，书写石油开发的往事。《上一道道坡坡下一道梁》，以扶贫第一书记贺衍的视角，全方位展示王家坪扶贫攻坚的石油经验，展现了石油人在精准扶贫中的社会责任感，石油工人贺衍也在扶贫实践中锻炼成长。阅读喜东的作品，我才发现，过去对石油人的生活、工作、感情了解得太少了。从而，我对喜东的追求又多了一分理解。我想，《地火升腾》能够入选中国作家协会定点深入生活项目，也是对作者这种追求和努力的肯定。

文学是讲好中国故事的重要方式，中国故事是由千千万万个普通人书写的，是由各行各业的劳动者书写的。所以，讲好中国故事，就要讲好普通人的故事，讲好各行各业的故事。这就要求我们的作家们深入生活、扎根人民，真正与人民融为一体。行业作家是中国作家队伍的重要组成部分，在讲好中国故事中具有独特优势。喜东身为石油人中的一员，对石油行业和石油人的熟悉程度非他人可比，这是其他作家所不具备的优势。石油行业是一座文学的富矿，一代代石油人，筚路蓝缕，砥砺前行，为祖国石油事业做出了巨大贡献，写下了许多感人至深的故事。希望喜东不忘文学初心，坚守艺术理想，加强文学训练，写出更多更精彩的"石油故事"。

2021年6月14日，端午节

徐可，江苏如皋人，文学硕士、哲学博士。中国作家协会会员，启功研究会理事，编审，鲁迅文学院常务副院长，作家，评论家。著译有《仁者启功》《三更有梦书当枕》《背着故乡去远行》《写在文学边上》《汤姆·索亚历险记》《六个恐怖的故事》《热水河》等二十余部。

前　言

2021年，是中国共产党成立一百周年，长庆油田也走过了半个世纪的历程。

在三十七万平方公里的鄂尔多斯盆地，三代长庆人前赴后继，在"磨刀石"上开掘出我国油气产量最大的能源巨轮，为保障国家能源安全增添了厚重的底气。

令人欣喜的是，包括文学在内的长庆文化与油田发展同生同长，也正是有这样大好的环境，才涌现出了许多脍炙人口的文学作品，丰富员工业余文化生活的同时，塑造了不朽的长庆精神。

这部小说集系建党一百周年献礼作品，中国作家协会定点深入生活项目，也是长庆文联、长庆作协的重点项目。

小说几乎全面地跟踪了长庆发展以及这一发展历程中可歌可泣的感人故事。

作品的文学素养和书写方式更精进，去除了人物的脸谱化、内容的模式化、主题的雷同化等问题，将长庆人无私奉献的形象、朴实厚重的品质，渗透在字里行间，处处跳跃着主旋律的脉搏。

作为土生土长的石油作家,何喜东熟悉石油,了解石油生活。

带着长庆人写长庆的责任感,他积极投身到火热的石油生活中来,以自己手中的笔,描写长庆人大无畏的开拓和创业气魄,为石油而战、至死不渝的精神,塑造出了新一代长庆人的英雄群像。

鲁迅文学院高研班的学习经历,更是坚定了他的信心:以石油为创作坐标,以笔为镐,深挖石油富矿。借文学这束光,照亮石油人的生活,让更多的人看见"石油工人心向党,我为祖国献石油"的长庆人。

长庆文联
2021年6月

目　录

黑　金 / 001

薄如蝉翼 / 027

一颗滚石 / 058

怦然心动 / 065

地火升腾 / 080

我们的爱情 / 097

温凉时光刀 / 139

白鸽飞越骆驼山 / 159

上一道道坡坡下一道梁 / 175

后记　用文学塑造不朽的石油精神 / 209

黑　金

一

陈海峰冲进太平间，看到拉出的冰柜里，陶小龙那张毫无血色的脸，瞬间觉得自己的头发炸立起来，五雷轰顶一般。

真的有雷，太平间外雷如战鼓雨如箭，以合围之势侵略油矿的每寸土地。这场从未见过的大雨，好像预谋已久，落在陶小龙被辗轧之前。陈海峰逐渐适应了昏暗的光线，才看清太平间里安置着三面大冰柜，冰柜分了几层抽屉。每个抽屉恒温冷冻，尸体存放着才不会腐烂。他腿一软跌倒在地板上，忍不住号啕大哭。心里的悲伤，像一包黄连汁被摔破了。

从城市走进矿山，他像油矿觅食的山鸡一样刨食，为了每个月的几千块钱，刨得两爪子的血。说到底，他们只是庞大的石油肌体上，一枚枚造血干细胞，采油输油保卫石油，不管原油交易所的期货曲线怎样崩跌，城市的霓虹灯如何暧昧闪烁，也不影响他们苦里寻乐的山中岁月。但天降暴雨时，也降临厄运，一辆偷油罐车，在陶小龙执勤时，从他身上轧过去了。

得知这个噩耗前，陈海峰在矿长办公室，为工作调动的事憋闷着。矿长贺建功头发花白，慈眉善目，红脸膛怎么看都有几分亲切。他把调动申请书递到办公桌上，直截了当说明了情况。他熟悉这位油矿领袖的脾气。

"真想去？"贺建功开门见山，让他不要藏着掖着，把话说开，说完又问了句，"干得不舒心？"

回想这几年，一步一个台阶，像爬泰山一样到队长的位置，身体透支成筛子，体检表上的健康指数，如同白纸上大大小小的窟窿。陈海峰忙说："矿长，我不是撂挑子当逃兵，就想换个岗位，要不家和身体，都得垮了！"

"去了干什么？鸡头凤尾，你分不清？"贺建功点了根烟，把手里的茶杯重重压在申请书上，"再说，你走了保安大队那帮小子，谁收拾得住？"

陈海峰英俊的脸上黑里透红，那是四季穿梭在山间的风如刀子一样刻在脸上的印记。他没接上话，咽了口唾沫，歪着头酝酿着措辞，挂在墙上的时钟刚刚指到3点钟。大风扯着树枝，拍打着窗户，一道闪电在窗前划开。他转身去关窗户，锈迹斑斑的窗户轨道，滑起来吃力费劲。口袋里的手机急躁地响起，等把窗户关严实，半个袖子已经湿透了。手机对于别人来说，是个通信工具，但对他来说，是施了魔法的山芋，一天到晚接得发烫。这一个个电话，也把他绷成紧紧的弓。箭在弦上，随时发射。接通电话，那边嘈杂的声音从听筒里传来："陈队长，陶小龙让偷油车轧了！"他眼前一阵发蒙，再看贺建功的眼神，就变得有些沉重起来。

3点11分，只用了十一分钟，陈海峰把自己从矿长办公室发射到了保安大队。迎面跑来的队员抹了把脸上的雨水，慌慌张张做了一番陈述：

陶小龙带着他们巡查卡子站，对一辆双桥罐车例行检查，发现车里面暗藏着一个小油罐，决定把车扣押下来。陶小龙押着黄毛司机上了罐车，没想到黄毛的车开起来后越来越快。队员发觉不对劲，一路追上去，在前面转弯处看见陶小龙倒在地上，已经昏迷不醒，罐车却不见了踪影。

狂风斜雨把队员浇成落汤鸡。陶小龙被几个队员抱在怀里，脸色惨白，嘴唇发紫，右手边的手机旁，掉落着一把管钳。陈海峰嘶吼着："还不紧不慢哪，赶快送医院！"

抱着陶小龙冲进医院时，他一边踹门一边喊着救命，脚下一滑，一个趔趄把疼了几天的腰，摔在玻璃门上，引来医生、护士一阵侧目。值班医生翻了翻陶小龙的眼皮，检查了脉搏，说："赶快，抢救室！"医生在手术室厚重的铁门里进进出出，纷乱的脚步好像踩在他心尖上一般。许久，一位医生出来说："病人情况危急，胸腔内大出血，快通知家属吧！"他心里"咯噔"一下，跌跌撞撞坐到过道椅子上，感觉双腿灌了铅一般。他想了又想，狠狠地搓着晒脱皮的脸颊，把情况向贺建功做了汇报。

从弥漫着消毒水和霉味的太平间出来，他开车直奔贺建功办公室。远处雷声滚滚，雨倾泻在挡风玻璃上噼噼啪啪地响，很像打在人心上。和昨天不同，办公室里黑压压坐了半屋子人，除了油矿的几个部门负责人，县公安局的中队长李栋也坐在贺建功旁边，闷着头咬着烟，吞云吐雾。恍惚着进门后，陈海峰背书般把事情经过说了一遍。

"发生这样的事，我怎么向矿上的三千职工交代？"贺建功一拳砸在桌子上。

"局里把这案子列为'6·16督办案件'！该查得查！该关得关！"李栋把烟头揉灭在白色烟灰缸里，烟灰缸里飘起一缕青烟。

贺建功让陈海峰配合公安局，把事情查个水落石出。但具体怎么执行，他又说了几点。陈海峰看着记在本子上的几行关键字，也算明白了。"调查时内紧外松，把握分寸。"这让他的心里痛了一下。企地关系很微妙，这种微妙就像头顶悬着一把锋利的剑，稍微把握不好火候，就落下一个屎壳郎跳高的悲情演绎。

想当初，陈海峰答应到保安大队，觉得油矿保卫和警察贴得紧，风霜雪雨搏激流，但真到了这里，才觉得自己太天真了。他当兵复员后，分配到了铁角城油矿。复原时转回来的那份档案,写着七年的军营锤炼,陈海峰在擒拿格斗比武中拿过名次,立过一次三等功。脱下了那套迷彩装,从绿色军营告别时,排长搂着他的肩说:"回去把性子收一收。"他记住了这句话。贺建功在这间办公室第一次找他谈话,说铁角城油矿眼下缺人,你来了能发挥作用。陈海峰心里有些抵触,心说我行伍出身,当个采油工不是本末倒置吗?他本来想说戎马半生当个采油工屈才,话到嘴边转了几圈又咽回去了。贺建功说:"你到新组建的保安大队报到,那个岗位适合你。"他勉强答应了。

铁角城是个黑金王国,油矿上的两千个油井,像一个个深窟窿,钻透了地下的油层,没日没夜地从这具身体里榨取黑魆魆的原油。这里之所以有这么古朴的称谓,是因为这个边塞小镇,有过战火纷飞、马蹄阵阵和连天的狼烟,却始终铜墙铁壁,任金戈铁马也固若金汤。

油矿刚开发时的铁角城,这里的人家还没有通电,照明都用蜡烛,只有一户人家借助微型风力发电机点亮光线微弱的灯泡。村民吃的水碱性大,洒在地上干了泛起一层白,吃了肠胃不适肚子胀。后来大规模开发后,村民看着祖祖辈辈躺在上面的黑金,被树林一样立在山里的抽油机采出来,便开始了靠山吃山的营生。有收油的,就有偷油的,出了事还有负责摆平的,一个利益链就这样滋生出来。

陈海峰领着李栋,到保安大队勘查案发现场。皮卡车朝着山里走五六十公里，便深入了油矿腹地。眼前的一道道山梁，如盘踞的巨蟒，横卧在油矿深处。他们经常自嘲：黄黄的山梁，荒荒的峁，四季刮风吹人跑。隔山能说话，见面走一天。

到了案发地，萧瑟的山头，一丛一丛白花贴着地面粲然怒放。废弃的窑洞像一个个吃人的口，不时有灰色野鸽子从张大的窑口飞进去。陈海峰把案情现场还原了一番。

李栋拍了几张取证照片，说："现场没什么有价值的痕迹了。"

"下了一夜雨嘛！"陈海峰管不住自己的嘴插了一句。

这话对于天天断案的李栋来说，相当于一句废话："你这么厉害，该叫你福尔摩斯侦探！"

陈海峰听出了这句话的味道，还是觍着脸笑："我就是个抓油耗子的，这案子还得靠你！"

一群山羊窝在对面的太阳坡上咩咩地叫唤，放羊老汉躺在羊群里，用草帽遮住太阳。悠扬的信天游，从草帽下嘶哑地飘出来："瞭得见那村村，瞭不见得人，我泪蛋蛋抛在，沙蒿蒿林。"

来到陶小龙宿舍，啪地打开灯。一阵窸窸窣窣的声音，一只老鼠顺着架子床逃到墙角，一下子就没影了。陈海峰对这些早已习以为常。床铺上，被老鼠疯狂扫荡过的黄色鸡蛋液和蔬菜挂面，像没下锅的西红柿鸡蛋挂面配餐。床对面的桌子上，放着一台电磁炉，炉上是一把黑炒锅，旁边搁着一捆大葱。他想起陶小龙夜巡时就着干馒头,也能把一根白葱吃下肚子里。对于陶小龙来说,他把自己永远留在了这里,这宿舍里的桌子、床板,都与他长眠在一起了。在贴着墙边的床头缝里,陈海峰找到一根皱巴巴的烟,烟丝已经干得不像话,点着抽了一口,辣得他眼泪又流出来不少。

矿区成立保安大队,让陈海峰带着兄弟们,设卡维持生产秩序。那时他们就挤在这排狭小的简易板房里,上厕所要找个山洼就地解决,打电话得爬到山顶找信号。他想起有天夜里,陶小龙睡得迷迷糊糊起床撒尿,贴着山坡的风把尿刮了一身,他回来说外面的雨真大。第二天兄弟们看着干涸的地面,笑着问昨晚下的什么雨,他望了望头顶明晃晃的太阳,说这地方太他妈邪乎了。

窗户上立着的相框里,陶小龙那双眯着的眼睛,似乎还望着明晃晃的太阳,思考着一个世纪难题。李栋站在这张照片前,前后绕臂,额头上挂着汗珠子,这是他的习惯,据说能减轻胳膊上的旧伤带来的后遗症。

"最近局里人手紧,这次调查得你们协助。"李栋把那张照片从相框里取出来,"当事人的手机和这张照片,得带回去查查线索。"

陈海峰盯着李栋,沉默了一会儿。他嘴上答应了,心里却不免打鼓。宿舍门口那台老式发电机,依然震得人耳朵嗡嗡作响。凭着他能想到的形势,以前抓的都是弄油换零花钱的小贼，这次碰上的无疑是亡命徒。

顺着李栋的目光看出去，窗外的黑云压着山顶，厚重得像要掉下来。一声雷从远处呼啸而来。

二

一辆大屁股皮卡车拖着泥水，停到人群前面。车里的人，扶着车门跳上车厢，健壮的身体在夕阳下映出一个剪影。夕阳落在抽油机的油杆上，机头上下扭动，好似一口一口嚼食着那轮残血。

陈海峰明显感觉到像有只狼混迹到羊群中，嘈杂的人群浮动出异样的味道。下午巡逻时，他收到两张照片、一段语音，说井场被偷了。等他们赶到井场，原油已经漏到井场外，偷油的人逃之夭夭，只剩下被绑在板房里的看井工，哭丧着脸坐在地上。几十个人聚集在井场下，横七竖八地把几辆车横在路中央。他们以原油泄漏污染农田为要挟，要钱赔偿，叫喊、谩骂声一片。路是油区的主干线，进进出出的车都从这条华山道经过。路水泄不通，原油运输眼看着要陷入瘫痪，大小车焦躁地按着喇叭。他打电话请村主任铁大山驰援。

说话前，铁大山重重地咳嗽了两声："油矿是咱的衣食父母，你们堵在这里是猪油蒙了心哪！"

"油把我家的田染黑了。地下的水里漂浮着油花花，抽出来用瓢撇了油，搁两三天才敢给牲口吃。"有人喊着话，让安静下来的人群又骚动起来，"村主任得给我们做主哇！"

"以前咱们过的是穷日子，现在日子过好了，靠的是啥，你们看不到？"铁大山把手一挥，接着说，"赔偿也要坐到桌面上谈，都散了吧，散了！"

人群像春天的冰，慢慢化开。凝重的空气这才有些放缓。陈海峰有种错觉，这辆大屁股皮卡车像演讲席，眼前的人刚刚在上面做完了一场简短演讲。

铁大山点着根烟，跳下车，"看着油井不停地转，感觉是从我们的心脏里抽血呀。"

在铁角城，村主任说话分量重，陈海峰说："大家的日子也过好了嘛！"

铁大山没接这话，转了个话头："污染了还得要赔呀。"

这里的油井密度大，地下铺设的管道有一万多公里，陈海峰自知理亏："赔，得赔！"

陈海峰布置队员，在这个油井附近埋伏蹲守。第二天夜里，在井场外查获了一辆桑塔纳，从后备厢抬出盗窃的十一袋原油。车上的人在遇到巡逻队员时，嚣张拒捕，被队员用警棍开了瓢。审讯快结束时，陈海峰漫不经心地问："知不知道陶小龙的案子？"

那人用手揉着头上的绷带，说："我前几天听人说起过这事，那辆罐车停在砖瓦厂里。那里看着是个砖瓦窑，其实是个收油点。"

陈海峰心头一震，凑到那人眼前问："你知道谁撞的?"

"绷带"头摇得跟拨浪鼓一样："我这人平时没啥爱好，就好喝两口，弄几袋油换个酒钱。我这算举报有功吧，你放了我!"

陈海峰啪地合上笔记本："通知你家里人交罚款，领人!"

铁角城西边的骆驼山，视野开阔又便于隐蔽蹲守。雨下了又停，停了又下。缩在皮卡车里泡方便面时，坐在后座的队员说："队长，咱都出来三天了，鬼都没见着哇。"

"能把这里端掉，别说三天了，一星期都值了!"陈海峰回头瞪了一眼。

"偷油的人，供出的消息，准吗?"队员嘟囔了一句。

"少废话，有力气多盯梢!"陈海峰被方便面的浓汤呛得咳嗽起来。

望远镜里的这座砖瓦厂，是个可疑的地方，陈海峰相信自己的直觉。

这里的八条主干道、十一个卡子站，都是他徒步丈量过的。那时候的路面尘土厚，一脚踩下去小腿都淹没了。他熟悉每辆罐车装油多少方，铅封号是多少。熟悉怎么用手里的望远镜观察敌情，用后座上的夜视仪指挥作战，分头包抄。只要他站在卡子站，就能从过往的车里，揪出贼眉鼠眼的偷油人。有次开表彰会时，贺建功把这种能力叫天赋，他知道这是眼力，也符合犯罪心理学。他也心知肚明，附近偷油的人对他的评价，更多的是一句话："陈队是条好狗！"

果然，月牙挂在山坳口，一辆罐车水银一般滑进收油点，车上的人一袋一袋往下卸油，干得热火朝天。陈海峰两眼冒火，喊了声："出动！"开车冲进砖瓦厂。仿佛天降神兵，里面的人吓得老鼠一样逃窜。队员们一拥而上，除一个黄头发的年轻人跑出去外，剩下的几个没费力气就被擒获了。那孔砖窑下面埋着一个硕大的油罐。

顺着逃跑的背影追出来，陈海峰看到黄头发的年轻人，跨过砖瓦厂新制的一排排土黄色砖坯，一跳一跳地像跨栏的兔子。他嘴角隐隐笑了，有那么一瞬间，感觉自己还跑在军营赛场上，刷新全营五千米比赛纪录。距离渐渐拉近，鼻子都能闻见散发出的原油味。一个猛扑，他紧紧抓住瘦瘦高高的青年，把对方扑倒在一辆油罐车前面。他想这次和以前一样，能轻松控制对手。这些年他参加的护油行动少说也有上千次，挽回的损失有四五百万元。

倒地的小伙，身体干瘦却有力气，挣扎了一下见身体动弹不得，忽然腾出一只手抽出一把刀刺了过来。陈海峰丝毫没有防备，眼看着已经避不过迎面刺来的匕首，刀尖像吐着芯子的蛇，朝喉咙咬过来。他本能地一转头，刀锋带着月光的凉气，划过脖子，刺进锁骨，疼得他吸了一大口凉气。

快到手的猎物，翻身逃走。陈海峰挣扎着，试了几下都没爬起来，眼睁睁看着那只兔子一跳一跳地消失在夜色里。

三

早上醒来后，手术麻醉药消退后的伤口，咽口水都疼。手术前，陈海峰听医院副院长说，这一刀要是再偏一寸，刺破的就是颈部大动脉了。手术是副院长亲自做的，按说这点伤，也没伤着要害，没必要副院长亲自上阵。但贺建功知道情况后，斟酌了下形势：不到一周时间，保安大队一名队员在太平间躺着，一个队长在手术台上躺着。于是他就给医院院长打电话，不惜代价要治好陈海峰。医院不敢怠慢，副院长带着一群医生，围着手术台，剃了被血染红的头发，剪开结痂的衣服，把三厘米长的伤口缝合了。

贺建功早早赶到医院，人还没到声音先到了："你小子把我吓得够呛！"

他想着起来迎一下，被进门的贺建功按住了胳膊："没什么大碍吧？"

陈海峰挤出的笑比哭还难看："没事！"

贺建功的表情这才放松了些，说："你抓偷油的人有功，这个得表扬。我也得批评你，还说自己当过兵，一下就让人撂倒了！"

陈海峰想，这事够丢人的，是他大意失荆州。

贺建功握着陈海峰的手，又说："咱们肩上的担子还很重，抓住凶手才能告慰亡灵！"

陶小龙牺牲后，同事发在朋友圈的悼念文章，把他瘦小的形象立了起来：生命的惊叹号、忠诚的卫士、生命在平凡中闪光。这些字重重敲在陈海峰的心上，他心里窝着火，说话便铿锵起来："这是对我们底线的挑衅，一定得把这伙人揪出来！"

"有你这话，我就放心了。"贺建功匆匆告辞，走到门口时又停下说，"你的调动申请，批准了！"

陈海峰左手打着吊针，右手对着贺建功挥了挥手。

躺在床上百无聊赖，翻看网络视频，他在手机里搜索"怎么减轻手术后的疼痛"，主页自动推送的视频说："听最嗨的歌，喝最烈的酒，跳最潮的舞，打最好的石膏。"他有腰椎间盘突出，所以主页上推送的"都是腰间盘，你的怎么这么突出？"他也点了赞。这些网络语，已经脱离了原本的意思，看过后都会留下会心的一笑。而这对于他这样的山里人，就像精神麻药，让困顿的生活有了一丝悬浮。有句话说："自从有了网络，每天过着帝王般的生活，有人献歌献舞，有人表演才艺，朕还要挨个审阅点评盖红章，甚是劳累。"

帝王正给搞笑视频评阅盖章，皇后请安的电话就拨了进来。电话的开头和每次开会一样，都是例行内容，诸如吃了什么，身体怎么样，夜巡忙不忙。说完这些，妻子夏婧才进入正题，问陈海峰哪天休假。

梦游大唐的帝王穿越回现实,想起几天前,妻子在网上淘了两张演唱会门票,算好了他休假的时间,要和他去享受二人世界。他说:"最近休不了假。"

妻子停顿了几秒:"结婚三年,你陪我去过几次电影院、咖啡馆,逛过几次商场?"

他想,妻子说的都是精神享受,便搜肠刮肚地想了一句网络里治愈系的诗:"我陪你看过'独出门前望野田,月明荞麦花如雪'的美景呢!"

铁角城地下储藏着黑金,地上常年难得见绿意,那两个月的荞麦白雪景,好像是为了衬托一年的荒凉而存在。第一次带妻子到单位,顺着陕北手掌纹一样纵横的山路,往手掌深处行,山梁上荞麦花开出的白雪景里,出现了一起一伏的抽油机,这是构成油矿的最小单元。

夏婧没接他的文艺腔,说:"你那除了土就是油,还有偷油的贼和老乡家的狗。"

他就为难了,问:"那咋办?"

夏婧把这个问题又抛回来,让他想去。他都可以想到,夏婧挂完电话嘴一撇,眉头皱起,抱着沙发抱枕抹眼泪的模样。

招架不住妻子的眼泪,他给夏婧发了条微信说了受伤住院的事,并附上一个咧开嘴的笑脸。那些字太冰冷,配上表情包,证明他依旧生龙活虎。他在矿区的深山保卫石油,妻子在城里的幼儿园任教。他对妻子用尽心思，还是觉得对她亏欠不少。这让一米七的他，和一米六五的妻子走在一起，怎么都感觉矮那么一截。还有一些难言之隐，只是他轻易不挂在嘴上。都是食色男女，一肚子"相见时难别亦难"，只能落个"花自飘零水自流"，妻子胸口淡淡的茉莉花味道，时常让他夜里悸动。这些动能，从身体深处慢慢迸发出来，成了他调走的引燃剂。

夏婧连着发来两串表情，一串是惊讶，另一串是拥抱。妻子以前说过，一个拥抱的绿色小人仅是表情包，但一连串就代表长相厮守的爱情，是她给他的专属表情。爱是他最后退守的堡垒，看到这串专属拥抱，他豁然开朗，有束光照进了这些天布满阴霾的心里。

夏婧又把电话拨进来，着急喊着说要来医院。

"你别来添乱了，也不是断胳膊断腿的事。"陈海峰无奈地笑了笑。

"你保护好自己！"夏婧忽然哭出了声，声音越来越大。

"我们在调查陶小龙的案子，等这事过去就休假回家！"陈海峰平静了一些才说。

"我永远支持你。等你回来，咱们就要个孩子吧！"夏婧哭得声音沙哑。

这个收获，让陈海峰感到意外，也算是因祸得福吧。他一直想要个孩子，夏婧说先解决了两地分居，再提孕育油二代的事。他想再这样下去,说不定还没有盼来孩子,身体就像一张纸,被一阵风撕裂了。

挂完电话,他看到有条短信,从手机屏上跳出来:"陈队,你会后悔的!"

盯着陌生号码和莫名其妙的话,他心里多了一重阴影。这个时候谁给他发的信息?是挡了别人财路而发出的威胁,还是"6·16案"凶手发来的警告?他把这个信息截图发给李栋,李栋在医院附近查案,便顺道拐进了医院。

进门后的李栋,透露了两个信息:一个是系统里查不到电话卡的持有人,那是黑市买的号;另一个是陶小龙的手机技术解锁后,找到了一段有价值的视频。通过视频还原了案发的过程,锁定了肇事车的车牌和司机影像。

视频显示,车上的陶小龙和司机发生冲突,在抢夺司机攻击他的管钳时,被对方推下驾驶室。看着油罐车要逃走,他大喊着让司机停下。罐车没有减速,推着瘦弱的陶小龙往前走。视频最终停在了车轮碾过他身体的画面处。

"经过技术比对,查到开车司机叫铁磊,是铁角城村主任的儿子,有吸毒前科。"李栋把视频拖回嫌疑人的画面处。

陈海峰的心忽然疼了一下。视频里这个身影,差点将他置于死地,并以一个反败为胜者的姿态,消失在茫茫夜色里,空留下他和那辆忧伤的油罐车在雨中忏悔悲切。他说:"我躺在医院就是拜铁磊所赐,这辆车也停在砖瓦厂里。"

李栋眼里闪过一丝惊讶,说:"那就合情合理了,据我们的调查,塞上情饭店可能是一个窝点!"

四

塞上情的招牌羊肉,香嫩鲜美,没有膻气,是舌尖上的一道美食。据说是散养的山羊,一年四季上蹿下跳,啃食贴着地面生长的地椒所致。服务员把陈海峰和李栋领到靠窗户的位置坐下问:"陈队,还和平日一样,来个爆炒羊羔肉和糊辣羊蹄?"陈海峰是熟客,老板铁大山雇的服务员也是当地的熟人。他把菜单给李栋推过去,对方没有什么表示,他又添了两碗羊肉小揪面。服务员给后厨报了菜,麻利地拿了两杯八宝茶,便从后厨走进去了。

"这一口美食,让人念念不忘啊!"饭菜上桌,李栋大口嚼着羊肉,满口流油,"我记得几年前第一次吃上这口,是来处理你们队的那个案子。"

一辆油罐车轰隆隆地从饭店外碾过去,像火车轧过铁轨,震得脚下地面颤抖。陈海峰觉得脑袋里猛然涌进的记忆把他推进了噩梦般的洪流中。

五年前那件事发生得太过蹊跷。那时,他还在保安大队当班长。队员接到偷油的举报,赶到井场时发现偷油人已经弃车逃跑,便拖着偷油车返回了驻地。如果只是这样,这件事也就稀松平常了。巧的是，那个偷油的村民逃跑后，坐着另一个同伙的接应车，在十公里外的险要处坠崖了。晚上，宿舍板房里忽然冲进几十个不明身份的人，拿着砍刀、板斧、镐把，将电视、水壶砸得稀巴烂，把一具血肉模糊的尸体抬到桌子上，说是巡查队员追车致人死亡，强迫队员跪着给死者烧纸守灵。陈海峰拿着手机拍照留存证据，被一个有文身的胖子砸了手机，脸上挨了几拳，眼睛肿得眯成一条缝。等李栋他们控制住事态，他已经在地上跪了一夜。伴随着汹涌的回忆，他还能清晰地感受到当时钻心的痛。

"我跪在地上掉眼泪，那个有文身的胖子说我哭丧，哭得好！"陈海峰苦着脸夹了几筷子，也没把那只羊蹄夹起来。

"那次情况有些复杂，家属闹事是想讹一笔赔偿金。"李栋把油汪汪的辣子加进新端上来的小揪面里，狼吞虎咽地吃起来。

他俩打上交道也始于那次查案，后来又喝过几次酒，陈海峰算是搭上了地方公安局这条线。他心里挺乐意，铁角城三教九流，一样都不缺，一个也不少，保安大队抓的偷油人，最后还是要交到公安局。

吃完面，李栋借着接电话，走进靠近后厨的卫生间，侦查情况。剩下陈海峰望着眼前的美食，也没什么胃口。若是陶小龙坐在对面，碟子里的糊辣羊蹄肯定一个不剩，吃完这道菜，还会朝着服务员大喊一声："羊肉小揪面再来一碗！"想起这些,他觉得内心有一团火在燃烧。

忽然,陈海峰眼前的光线暗了一下,身前出现一个人。铁大山堆满肉的脸上挂着笑容,双手把一盘手抓羊肉放到他面前,提了提掉在胯间的皮带,坐在对面的椅子上:"听说你受伤了,没啥事吧?"

"一点小伤。"陈海峰看着眼前上好的羊肉,淡淡地说。

"村里人偷油惹了祸,我给你赔个不是。"铁大山夹起一块羊脖,反复蘸了蘸蒜水醋汁,递到陈海峰的碟子里。

"医生不让沾蒜和醋,吃了犯忌。"陈海峰把羊肉里的上品,推到旁边,"偷油犯忌,撞人犯法,我们一定要把罪犯揪出来。"

铁大山欲言又止,闲扯了几句,走进后厨的门帘后面。看着消失的背影,陈海峰心里忽然开始警惕起来。

铁大山任村主任多年,贺建功第一次带着人到铁角城勘测,就碰上这位村主任,他双手握着穿红工衣的石油工人,像迎接红军一样,把远道而来的客人迎进了村里。又打扫了几孔废窑洞,把他们安顿在里面。虽然窑洞晚上漏风,雨天进水,但在当时也算是村里最大的支持了。

铁角城的地底下,没有连成区块的整装油层。这里的石头经历过岁月的淬火,留下了劫后余生的顽劣。陈海峰曾在展览馆里,把岩芯样品放在显微镜下,惊奇地发现,整个储层都是致密的花岗岩,这就是贺建功常说的"磨刀石",而他们被称为磨刀石上闹革命的人。磨刀石里挤油，让这里的原油开采起来像土豆地里刨金子，得靠筛出来。不像中东的国家，随便在地上插根管子，就让原油喷得像自来水。

李栋侦查回来，脸上带着诡异的笑。他蘸着汁子一口气吃了两块手抓羊脖，嘬了嘬手指上的油，这才点了根烟，朝着后厨的方向努努嘴，意味深长地吐出四个字："别有洞天！"

五

雨下得铺天盖地，发动的三菱车，却像箭一样朝山下驶去。

他们在饭店后的荒山野岭守了三天四夜，饿了、渴了、困了都在车里熬着，胡子长得像神农架的野人。凌晨四点多，一辆油罐车从塞上情饭店后门滑了出来。陈海峰抑制不住地兴奋，揪了揪李栋的衣服，指了指车窗外面。李栋揉了揉眼睛，连忙接过夜视仪，看到车后两道深深的车辙。

车子很快就黏在了油罐车的屁股后面。超过油罐车时，陈海峰看到开车的正是逃跑的那只兔子。铁磊一看形势不妙，一脚急刹车停在村口，打开车门闪了出去。陈海峰拎起管钳追到村里，放慢脚步，眼睛像雷达一样，扫视着周围的每个角落。转过一个门口，忽然黑洞洞的门框上飞下来一个黑影，人还没落地，手里的一根钢管已经落在他的头上。那力道之大，打得他一头栽倒在泥地里。这人真是他的克星。钢管又高高地举起,陈海峰这才彻底看清眼前人消瘦的脸,颧骨突出,神情冷漠,嘴角露出不屑的笑。这笑容彻底激怒了他,铁磊开车轧过陶小龙时,也是透着这种不屑的表情。陈海峰用尽力气,抡起手里的管钳,砸得铁磊轰然倒地,抱着腿哀号起来。

李栋赶上来,把铁磊拖到皮卡车车厢里,问塞上情饭店的情况。铁磊茫然地看着窗外,一言不发。李栋笑了几声:"不信你不说!"

接下来油区路上出现了滑稽的一幕:皮卡车后面的绳子上拴着一个人,李栋踩着油门加速时,后面的人追赶不及,被拖倒在路上遛着。车子慢下来,后面的人爬起来踉踉跄跄。

"你挺能跑哇,咋不跑了?"陈海峰冒着大雨,站在车厢里喊。

"我偷油,是为了买粉,要不早跑了。"铁磊说。

"撞人还想跑?"陈海峰拍了拍车头顶,车速又提了起来。

"跑……跑不动了!"铁磊脚下打着摆子,"我那次开着车,把巡查队员撞了。"

"你承认是你撞的人了?!"陈海峰手里的管钳砸在车上,车厢顿时陷下去一大片。

"那次吸完粉……恍惚了。"铁磊上气不接下气,哀求着,"他们都在后院里……我说不动了,歇一下!"

"到公安局好好歇着吧!"陈海峰吼道。

赶到塞上情饭店，窗门紧闭。陈海峰上前砸门，砸了几遍，心里有了想法，从车厢里拿出那把管钳，直接把门撬开，急匆匆地冲了进去。

穿过后厨操作间，一股羊肉特有的气味迎面扑来。货架上摆着大小盘子和各种大料。抽油烟机上黑黝黝的油渍，像裹了一层沥青在过滤网上。大铁锅的老汤里，泡着煮熟的羊蹄。两只开膛破肚的山羊，挂在透明的冰柜里。冰柜旁的地上，堆放着一团还没来得及处理的羊下水，血汁漫了一地。如他们所料，后厨空荡荡的，没有一个人。李栋被一个不醒目的柜子吸引过去。这样的饭店，一般会有后门，方便厨房的垃圾处理，但这个后厨，除了这个柜子看不到有门的地方。他推了推柜门，仔细打量着挂在柜门上的黑色挂锁，想洞穿它锁住的玄机。这样的锁拦不住他们，砸开锁的柜门被打开后，墙上出现了一个自制的白铁皮门，这也没挡得住李栋的一脚之力。

后院里的房间装饰豪华，中间的大茶桌上摆着考究的工夫茶具，墙上贴着铁角城油区道路图，和保安大队值班室挂的如出一辙。

门口的精壮汉子看到有人进来，大吼一声冲了过来。李栋出于本能，拧了一下身子让他扑了个空，脚下顺势使绊将其放倒，反身扣住对方，一掰一扭，汉子的手腕就脱臼了，疼得跟猪一般号叫。李栋的动作一气呵成，屋里其他人一看这情景，开始慌了神，四下逃窜。

陈海峰心跳如雷，提着管钳追着一个人冲进房间。刚进门，他就怔住了，地上的盆子里烧着撕碎的纸片，村主任铁大山蹲在火堆旁，面前还堆着一摞资料。销毁证据？这个念头刚刚闪过脑海，陈海峰忽然感觉身后一阵风声。还没来得及反应，就被藏在门后的人用铁链紧紧勒住了脖子，一下子将他拉倒在地，手里的管钳掉在一旁。

"你儿子已经被警察控制了！"陈海峰躺在地上，想在气势上先发制人。

"这里就你一个人，咱们说个敞亮话。"村主任哆嗦了一下，居高临下地死死盯着他。

"少废话，不要做无谓的抵抗了！"陈海峰挣扎着说。

铁大山从抽屉里抽出几捆钱，咚的一声码在桌子上，震得电脑晃了晃："这钱给你，放了我儿子！"

陈海峰盯着铁大山，又把眼神从他脸上挪开，滑在桌子上的几捆钱上，忽然脸上浮出笑："你的意思，我理解！"

"理解就好，理解万岁。"铁大山以为钱起到了效果，坐进电脑桌前的椅子上，跷起二郎腿，进入了接下来的谈判中，"你也放我一马！"

陈海峰心里估摸着，自己不吃不喝刨食，一年的薪水也就在村主任的甩手之间。心里感慨完，他咬着牙说："我得给小龙一个……交代！"

跷着二郎腿的人，气势矮了很多，歪着头想了想，又拿了几捆钱："再给你加这些！"

陈海峰呼吸困难，脸黑得能滴出墨来："我也得……对得起这份工作！"

铁大山捡起地上的管钳："你这是自己寻死！"

陈海峰两只脚在地上使劲，像有一道魔力支撑着虚弱的身体，后面的人碰到门框，手上有些松劲。他借着这个时机，发了疯似的大吼一声，一把夺过链子。后面的人见此，夺门而逃。

铁大山救命稻草一样握着管钳，仿佛眼前这个头上流着血的汉子，随时会扑上来，饿狼一般把他撕个粉碎。

陈海峰冲上前抢起链子打掉管钳，一脚踢在铁大山的胸口。铁大山打翻地上的盆子，身上挨了不少拳头。他撕心裂肺地叫着，吸进口腔的纸灰，呛得声音越来越小。

"贩油的账目呢？"陈海峰问。

铁大山满目惊恐，指了指桌上的抽屉。

"看着别的村过上好日子，我也动了歪心思，"曾经山一样的汉子，瘫坐在墙角，像是自言自语，"我把大家害了，也把儿子带坏了！"

李栋走进来，拍了拍陈海峰的肩膀，拿起桌子上的烟，点着一支抽了半晌："情况怎么样？"

"喏，都在这里了！"陈海峰晃了晃抽屉里找出的U盘，插在电脑上，看到文件夹里的账务资料，长长地舒了口气。

走出塞上情饭店门口，远处的警笛一声接着一声，越来越近。李栋幽幽地说："雷声小了，看来雨要停了！"

陈海峰回头望了一眼饭店的招牌。可惜了，以后再也不会有这道糊辣羊蹄，也听不见陶小龙"羊肉面再来一碗"的声音了。

贺建功带着一群人围着铁磊审问。看到陈海峰走过来，热情地握了握他的手说："辛苦了，铁油矿的这颗毒瘤让你连根拔了！"

陈海峰看着贺建功："这是我的工作！"

贺建功眼睛里布满血丝，满怀期望地说："你的申请我签字了。但是走以前，希望你再考虑考虑！"

陈海峰听完，喉头动了又动，那里有很多话要蹦出来，却像被一根鱼刺卡住了。

贺建功又说："我知道你的难处……"后面再说的什么，陈海峰已经听不清楚。那份从贺建功手里递过来的调动申请，像一片树叶，从他的指尖滑落，摇曳在风中。

这时，手机短促地振动了两声。他心一紧，仔细打量着新收到的短信："陈队，你会后悔的！"这些天经常收到这条信息，看着满屏同样的文字，好像无数条蛇，吐着信子从手机屏里蹿出来。他不由自主地摸了一把受伤的锁骨，感觉有股月光的凉气刺入了他的喉咙。

铁角城，像一座围城。他像一个受了诅咒的兵。

早上六点多,他吹响了起床哨,队员穿着正装,喊着"一二一"的号子,向灵堂跑去,声音极其响亮。一个工作人员让他们小声些,陈海峰直着脖子吼得更凶了,他相信这声音陶小龙能听得见。只是往日习以为常的号子,听着却显得苍凉。铁角城上空白云密布,哀乐低回,活动中心被花圈、挽联和白花装饰成巨大的灵堂,灵堂上方悬挂着陶小龙的照片,那眯着的眼睛似乎还在对着人们笑,照片下面的骨灰盒安放在白花里。地方公检法、油矿和员工两百多人,向陶小龙的遗像默哀致敬。贺建功读了一份陶小龙被评为护油卫士的文件,他最后说:"保安大队一班以后有了新的名字:小龙保卫班。那里也将建一座展馆,展示油矿卫士护油的事迹。"

陈海峰走上前,替护油卫士接过奖章,握在手里感觉沉甸甸的。他搓了一把脸颊,说:"有人问我,当你一次次保油护油时,有没有想过危险。我想过,无数次想过。我们的工作经常有不可预料的危险,但人生处处充满挫折和挑战,难关一个接着一个。我们不屈服,我们能战斗,当我们为工作拼搏到最后一口气,那一口气就是勇气!"

走出追悼会门口,陈海峰想,告别的鞠躬只要十秒,伤痕的修复却遥遥无期。踏出这一步,就学着和往事干杯吧!

薄如蝉翼

多年后的今天,我对班长的记忆依然清晰如昨天。

我时常想起,班长昏迷的那个冬天,骆驼山像一匹苟延残喘的老骆驼,"扑通"一声跪倒在地,连同厚土之下的黑金,化作一声悲鸣,败给了时间这头猛兽。

让我没预料到的是,今天站在骆驼山顶,想着班长安静得像一株只会呼吸的植物,心里飞翔的那个想法,还像暗夜里猫头鹰的眼睛,发出幽幽的蓝光。

一

班长常说,待在骆驼山,一个月需要一两次酒精的消遣,好让我们忘却生活的困顿,让那副皮囊在喝完酒的某一刻飘荡起来。

在骆驼山吃饭,动筷子前先得喝掉自己面前的三杯酒,这叫开桌酒。这酒没喝干之前,尝荤腥和玩色子的权利都与你无关。我第一次坐在桌上,吓得后背直冒冷汗。酒是穿肠毒药,色子在我的老家是万恶的根源，是赌徒葬送性命的剔骨刀。直到后来看到烧烤一条街的酒徒都在摇着色子狂欢，我才明白这就是酒鬼的摇头丸。

色子的玩法五花八门，吹牛、砸金花、比大小，班长样样精通。盖碗色子在他手里，扣在桌上像铁锤，震得玻璃杯盛满的白酒，洒出去一指深。桌上的酒，是陕西西凤，瓶子小而细，外面套了白色的塑料网，一瓶三百七十五毫升，油矿上人管这酒叫"七两半"，全部倒完刚好三杯，一滴不剩。吃饭，是在两间石棉瓦板房搭建的油区特色川菜馆。厨师兼服务员吆喝着"借过借过，小心烫着"，端上来一盆招牌菜麻辣傻儿鱼，美食容易调动山里人的愉悦，分泌大量多巴胺。

吃饭前，班长开着那辆喝了油的皮卡猛兽，带着我穿过浮土半尺的山路，轰隆隆跑出几十公里，去验收新架设的高压线路。猛兽左拐右拐，车里的人右撞左撞。呸，班长吐了口嘴里的沙土，指着窗外喊："暴殄天物哇。"对面山坡上的灌木，绿、黄、红，满眼都是，绽放着浓浓的秋色。那一刻，我的意识有些超脱：要是秦昕看到眼前的美景，会不会和我拥吻，用她舌尖上的茉莉花香，引爆我俩蜂蜜般甜美的日子。

皮卡猛兽四处漏风，拖起尘烟滚滚，黄尘透过窗户缝灌进来，车厢弥漫着呛人的腥味。班长下车后，从容地抹掉脸上面粉一样的尘土，拿出一堆设备，四十五度分开导线插到地上，把接头另一端的摇表转得呜呜直响。我在验收单上记录数据之余，抬头看见架线老板踩着小碎步，弯着腰从座驾里拿出香烟和红牛饮料。不出所料，摇表数值显示线路的接地电阻值不达标。电阻值不影响正常供电，是在打雷时把高压雷电导入地下，而不至于损伤设备。

"不达标哇，"班长在我的嗓子干得冒烟时，好像对那些可口的饮料视而不见，对着身后的架线老板大声嚷着，"你挣钱挣迷糊了。"

架线老板觍着脸，举着香烟、饮料凑到班长二百斤的躯体前，小声道："领导，黄土旱透了，这情况你都知道。"

班长接着喊："差太多了，多焊几根扁铁。"

架线老板咧开嘴笑着，碰上班长牛一样的圆眼睛，脖子缩了一截："领导放心，就算把山挖个壕，我也把扁铁焊上。"

"再偷工减料，就把你埋进去。"话虽这样说，但我们都心知肚明，在陕北这片干涸的土地上，想让接地电阻合格，得在变压器底下埋十几米长的扁铁，这对于架线老板来说是一笔不小的投资，他们更乐意把这些花销放到别的地方。

在一桌人的车轮战中，他像冲锋的战士高喊着冲上阵地，声音像炸开的炮弹碎片，能掀翻饭店的简易石棉板房顶。摇着色子打完一个通关，他吐了俩烟圈，揉了揉酒糟鼻，像戴着红套鼻的小丑，讲了个段子："我们的工作，干满一个月才能回城休假八天。这里的村民经常笑话我们有房子住不上，有女人亲不上，有孩子养不上。"这就像油牧部落里的一支忧伤牧歌，我们这些油矿土著民，白天看太阳，晚上数星星，守着单井和电杆，偶尔碰见放羊的，也得拦住跟他说上几句话，羊添了小羊崽子，我们都能分辨出是哪只羊下的种。那里的人，和落下的雨水一样少，野兔却和杂草一样多。那鬼地方，当兔子比做人舒服得多。它们一年四季在遛得光滑的兔道上，顶着月光狂奔觅食，然后鼓着圆肚在草丛里打着滚地发情，直把人看得火起。

靠拖延时间，休养生息挥戈再战，这是酒徒们常用的战术之一。班长叫冯晓军，在他笔下的散文诗里署名肖君，据他说这是看完《呼兰河传》后改的笔名。他的床头，放着一本《失乐园》，书的扉页上，写着渡边淳一的名字和日期。那是他到日本旅游，碰见渡边淳一签售，拿回来的珍藏版小说。他经常在酒桌上提起，找渡边淳一签名时，他给旁边的翻译人员说自己在中国也是一个写作者，渡边淳一听完翻译后起身跟他握了手。我读过他的散文诗，那些勾勒关中平原上的细密情节，麦芒一样长长短短的句子，挠得我心里痒痒地难受。我喜欢麦子的味道，小时候在麦浪被野风掀起来时，我们成群结队地在麦田里捉迷藏。但让人崩溃的是，他写完一个作品，不管是午休还是凌晨，都要转发至每个人。那天听着一桌人的手机又被班长轰炸得叮叮咚咚，我抓起面前的白酒灌到嘴里，开水一样的酒烫得我咳嗽连连，心里的气球也被撑爆了："好了，别发了，喝酒吧。"

桌子上的人愣了一下。我在饭桌上一贯保持沉默,从一个沉默者嘴里发出的呵斥,让喧闹的人群安静下来。班长像斗鸡一样梗着脖子:"好文,就是要分享嘛。"

"我从内心觉得,越是喜欢一样东西,就会越想把它放在心底。如果轻易拿出来,这东西一定是廉价的。"这话把我也吓了一跳,更不晓得为什么喝完酒后,还会有那样的辩解。

班长瞟了我两眼,梗着脖子没接上话,满面红光慢慢黯下来。"喝酒!"他拿起色子打关。有好几次,我看见他喝完酒后,嘴巴都张开了,又端起茶杯喝了一口,再没提起那个该死的话题。

喝完一圈酒,请客吃饭的架线老板举着酒杯提议:"喝得差不多了,你给咱唱一段?"

班长喜欢唱秦腔,干活累了喊一喊,听得人关节都起劲。提起秦腔,他黯淡的眼神又变得亮起来,只见他呷了一口酒,咳嗽一声,唱道:

> 祖籍陕西韩城县,杏花村中有家园,姐弟姻缘生了变,堂上滴血蒙屈冤,姐入牢笼她又逃窜,哪料她逃难到此间。为寻亲哪顾得路途遥远,跋山涉水到蒲关。

秦腔和西凤酒、长线辣子、大叶卷烟、羊肉泡馍,是陕西人生活里离不了的软物质,这都是班长巡线时给我普及的常识。他还说，小时候听的不是寓言故事，而是爷爷一字一板唱的秦腔。老人斗大的字不识几个，却能唱出整段秦腔来。

一曲唱罢，架线老板笑着鼓掌："我在西安看过一副对联：八百里秦川尘土飞扬，三千万老陕共吼秦腔。端一碗搅团喜气洋洋，没有辣子嘟嘟囔囔。"

"对着哩，"班长提了一杯酒，沉吟片刻，又说，"听说骆驼山原油产量下降严重，咱们要分流了。"

"这鸟不拉屎的地方，早走早安生，"我低头饮酒，"最好，去个能见着女人的地方。"

"都这样了，还想着找女人。上次给你介绍的那姑娘，处得咋样？"班长盯着我似笑非笑，"骆驼山上就这一坨热屎尖尖，让你掐走了。"

"那你去吃，"我说完有些后悔，再懒得听他絮叨，晕乎着站起来，"醉了。"

借着上厕所，我躲到石棉板房外，抽四块五毛钱一包的香烟。那时我的烟技还不娴熟，混合着尼古丁的劣质烟草，只能顺着嘴角飘在呛人的空气里，不像桌上的几个老烟民，叼着烟屁股，像焊死在嘴角一样不用手扶，吸进去的烟都能顺着鼻孔冒出来。

我经常站在骆驼山顶，幻想着长出一双结实的翅膀，从山顶起飞。骆驼山之所以叫这个名，当地人说：一是形似，两个凸起的馒头峁，明显就像两个驼峰长在这具巨大的躯体上。二是据县志记载，相传一列驼队运送茯茶，遇沙尘，尝憩于此，一夜风沙尽，土阜突兀如骆驼状。

实在无聊，我给班长介绍的那个姑娘打了个电话。电话接通后，听筒里传来的声音压抑又拘谨："你忙完了？"

"想你了。"那时，我眼前的天蓝得让人有些心疼，对面坡上的一头公驴听见山坡对面的母驴叫唤，举着又黑又长的驴鞭撒着欢狂叫。

"还在山上？"她可能听见了那头黑驴的浪叫，又说，"咱们要分流了，你听说了没有？"

"你分到哪儿，我就跟着去。"我狠狠吸了口烟，和秦昕有一搭没一搭地聊起来。

记得第一次见秦昕，是七夕节。我们这个没有围墙的工厂，大龄青年交友恋爱渠道短缺，油矿组织单身青年在这天演绎现代版的鹊桥相会。班长把这个消息告诉我时，说秦昕也会参加。以前只看过秦昕的照片，现场见到她，胖嘟嘟的脸，笑起来眯着一对毛眼眼，像夏天贴着骆驼山头生出来的云，捅一竿子都能冒出水来，这让我有种鲜花插在牛粪上的惶恐不安。活动现场的薰衣草开出的紫色花瓣，芳香弥漫。应该是联谊会现场的荷尔蒙作用于我，那次我突然滔滔地讲起话来，逗得秦昕咯咯地笑。我们在那个流动着温暖的地方，跟着人群钻进夜市，吃蒸羊头、卤猪鼻，喝牛骨熬的清汤，来上一碗滚滚九曲黄河水灌溉的牛肉面。看着细如发丝的拉面，我想谈恋爱这件事，就像拉面师傅手里的面，只要筋道，不怕做不出一碗好面来。

班长被架线老板扶着从石棉板房出来，脚步踉跄。那时，他的从容淡定，像山里的风扫过山坡的草籽，不见踪影。

我不得不挂掉电话，爬进那辆汗蒸房一样的皮卡车里，车的后排座照例撒落了几条芙蓉王。几条软绵绵的土路，像印在骆驼山上的标记。朝着山口向里走，便看得见骆驼山的半边山被齐齐削掉，三台抽油机架在驼峰上，三间铁皮房一溜摆开，左边那间是厨房，中间是宿舍，右边是库房和杂物间。走近了，能看到铁皮房后面还有由一根木头杆撑起的篮球架，旁边靠着电视卫星锅、太阳能发电板和锈蚀变形的淡水存储罐。水罐下面，是虎子的小窝。

车上，班长对着电话吹牛聊天，唾沫星子堆满嘴角。每每喝醉酒，他的电话都要打爆一次，第二天准会收到欠费的短消息。我接到秦昕的电话，她的声音变得温柔，说要给我过生日。我喝得五迷三道，最禁不起这种温柔的撩拨："真的吗？这荒郊野岭，欢迎你来查岗，哈哈。"

班长回头瞅了瞅我，一堆唾沫夹杂着烟味从两颗黄牙间喷出来："你个瓜娃，还有这瓜命。来了把事办了，就稳了。"

二

秦昕来给我过生日的那天，穿着红色工作服，头发随意盘在发套里，圆脸盘上一对大眼睛，直愣愣地看人时显得有点呆，忽然间回过神，眼波一转，能荡到人的心里去。她看见我，先是笑，只是一笑，我就酥软了。

那个日子看似和以往没有任何区别，只不过青春像沙漏里的石英砂，已经漏掉了一大半。骆驼山安静得一如既往，检修任务烦琐得一成不变，我背着五十斤的瓷瓶串，腰上绑着安全带，在三十米高的电线塔上更换被雷电击穿的瓷瓶。那几百根杆塔，每年春季都要检修一次，我们把这叫问诊把脉的春检。班长外出参加培训，我就像被抽了主心骨，肩上担着担子，心里却没有底气。那时我才感觉到，班长对我来说像空气一样不可或缺。

工作六年，我只想把婚结了。以前倒也不着急，反正刚毕业。如此几年，时间如山沟匆匆溜走的风，白白带走了我的青春，也辜负了姥爷抱重孙的夙愿，让他带着遗憾撒手人寰。我结婚这事，最着急的还是母亲，她退休后把我的婚姻当工作，外加姥爷临终前的交代，这几乎成了老妈心里的一块磨盘。记得参加联谊的最后一天，我问秦昕："能抱抱吗？"她笑着低下头。我上前双臂环抱，在她额头上轻轻吻了一下，她蹭着我的胸口说："感觉到没，你的心跳得好快！"那时，我忍不住憧憬，眼前看得见的好日子真的要来了，压在心头的磨盘怕是要卸掉了。我俩像某种适宜水中生存的植物，隔三岔五在网上碰头，在网络的文字里短兵相接，暗生情愫。方方正正的汉字，只有写进诗里才能拼凑出意想不到的特效。

晚饭做的是肉臊子烩面片。我边和面，边和秦昕聊天，聊和面的要领。醒面时，炒了臊子，切好肉丁、西红柿、葱花，热油下锅，香味就蹿出来了。臊子出锅，水烧开了。开始揪面片，边揪边给秦昕讲揪面片的要领。水烧过三遍，面熟了捞出来。臊子往锅里一倒，面往锅里一拌，色香味俱全。

饭做好了，先给虎子盛了一大盆，吃得小家伙哈喇子挂满嘴边。虎子是我养的土狗，一身橙黄毛，额头上有一块白色斑记，巡线捡到它时，只有巴掌大，牛奶都要挤在手心里，一滴一滴地喂，一个蛋黄能吃一天，半年后虎子已经有半米高了。

秦昕勉强吃下一大碗，我连着吃了两碗，拍着肚皮喊："胀死了，胀死了。"以前在家，我妈做饭时，我喜欢搭把手，切萝卜丝、拍黄瓜、炒鸡蛋，但到了自己唱主角，情况就完全不一样了。我妈在手机那端电话教学，面和软了，加面粉又硬了，加水又软了，软软硬硬间半袋子面粉堆在案板上。总算软硬合适，上笼用抹布压严锅缝，开大火就等着馒头出锅。在我的欢呼声中揭开锅盖，满锅的馒头东倒西歪，个个不成形状。后来总结改进，我做饭的花样越来越多。

"你做饭这么牛呀？"秦昕挽起袖子收拾碗筷，像这个房子的女主人。

"也不经常开伙，方便面、馒头、榨菜，凑合着也能吃一顿，"我想了想说，"这算是生活的馈赠吧。"

"我一直想找个会做饭的老公。"

"那以后天天和你做。"

秦昕似懂非懂地望着我,点了点头,把剩下的饭留给了虎子。晚饭后,我俩坐在山顶后背风的山坡上,中间围着一堆柴火。山底下的河水泛着银光,又浅又瘦。

咣,两个啤酒瓶撞在一起。我仰着头,咬住酒瓶吹喇叭一样,咕嘟咕嘟把一瓶碳水化合物灌进无底洞一样的胃里。"我给你放个礼炮。"空酒瓶画出一道弧线,顺着山坡滚入沟里,远远传来丁零零的回响。新拎出来一瓶啤酒,瓶盖用牙咬开,白色的酒沫从瓶口涌出来,像我身体里压抑不住要喷射的荷尔蒙一样。

"生日快乐。"秦昕说完,把酒瓶和我的碰了一下。活到三十岁,第一次有女人单独陪我过生日。我忘了有没有把这句话说出口,只记得她的眼波荡啊荡,像冰与火之歌。

秦昕她们单位将那些繁殖能力强悍的野兔圈养后,兔肉就经常变着花样出现在食堂的餐桌上。她从袋子里掏出烹饪好的野兔时,红里透着亮的红烧兔肉在我眼里简直是人参娃娃。她曾多次吹嘘,纯绿色超天然的红烧兔肉,绝对让你流哈喇子。

吃饱喝足,我的胳膊扶着啤酒箱,斜躺在一堆荒草上,眯着眼睛盯着两颊绯红的秦昕,开始讲油矿的段子。介于呻吟和笑声的响动从秦昕的鼻子里飞出来,毛毛眼眯成两泓春水,她连笑声都和平时不同,我真想跳到她怀里做一只兔子。

明月悬挂在山顶，照得山坡浮光跃银，荒原的锋利也变得柔和美丽。喝完一箱啤酒，强忍着和胃里一样翻滚的欲望，新起开两瓶冒白沫的啤酒，给秦昕面前摆了一瓶。借着火光试探着搂住她的肩膀，鼻子里闻到熟悉又陌生的气息："闭上眼睛，我送你个东西。"我从脖子上取下玉坠，放在秦昕手里，她睁开眼睛说："你怎么……"我猛地吻住她的嘴，她挣脱后拿起看了又看："这还刻了你的名字，怎么送我？"

"我小时候身体弱，老妈找人开光刻了字，戴了二十几年，喜欢不？"

"喜欢哪……"

"喜欢就好，我的都是你的，别说一个坠子。"我笑着打断了她的话。

火光下那两泓春水向我涌来，眼睛迷离，格外闪亮。我嘴里喷着啤酒花靠近她，她再没有揉开我，冰凉的手触碰到滚烫的皮肤时，我俩一起颤抖瑟缩。

月色给秦昕裸露的身子镀上一层银光，我眼冒金星，耳朵里嗡嗡作响，只想对着风圈像狼一样狂叫。那时褐色的月亮，挂在黑黝黝的烽火台上面，月亮周围有一道明晃晃的风圈。对面烽火台上的一只猫头鹰，像幽灵一样，叫声听着让人心慌。

事毕，我咕咚咕咚又吹完一瓶啤酒。

秦昕整理好衣服，轻轻咬着嘴唇，眼睛忽暗忽明。看着她慢腾腾地从黑塑料袋里翻腾出一个烟花，并朝着我挥手："今天没有蛋糕蜡烛，就买了烟花代替。"我笑着在她额头上吻了一下，身体又坚硬起来。

高高的山梁上，烟花升空，绽放出花朵。秦昕对着燃起的烟花道："繁华声，遁入空门，折煞了世人；梦偏冷，辗转一生，情债又几本。"

烟花爆破的声音嘈杂，我大声喊："感慨啥?"

她提高了分贝："没什么，几句歌词。"

那一刻，升空的烟花慢慢画出一道弧线，将夜空划开一道又一道口子，我想着烟花般即将绽放的日子："这一刻我盼了好多年。"

她咬着嘴唇，过了会儿说："你真的爱我吗?"

我一把将她裹进工衣里，握着她的手暗暗使劲："我想和你结婚。"

她抽出手捧着我的脸，仔细端详了半天："你真的会娶我吗?"

我紧紧搂着她，捋了捋耳边的头发，凑到她耳朵根："现在就想和你去领证。"

"啊，现在不行。"

"那啥时候行?"

"以后再说吧，啥时候都行。"

每到这个时候，不管我俩有多亲密，我总感觉她身上有些东西我捉摸不透。按理说，我们两个大龄青年，结婚已经成了一道非解不可的哥德巴赫式难题,但在这个话题上,我是热锅上的那只蚂蚁,秦昕像趴在外面冬眠的青蛙,态度总是飘忽不定。

第二天,听见虎子狂叫,我迷迷糊糊地睁开眼,伸出手摸床的另一边,除了被子别无一物。我猛地坐起来,眼睛在房间里搜索,没有看到秦昕,连她的包和衣服都没有。我总是后知后觉,从房间冲了出去,阳光刺眼。愣了几秒钟,我冲到骆驼峰,眼睁睁看着秦昕挥手拦下那辆快散了架的面包车,钻进晨雾中。我一直以为,可以乘着这趟车开始灿烂的人生,没想到它带走了我的爱情。也是应了那句话,我们越想握住的,一般都握不住,比如流水、时间以及转身离去的人。

多年以后,直到现在,我总是想起那个夜晚。啤酒,烟花,猫头鹰,烽火台……月色轻盈,轻轻披在女孩身上,像新娘的婚纱。

三

那些年,山里的油井如石头夹缝里长的红柳,一簇一簇顶翻石头冒出来,原油汇聚到增压站加压后,又输送到联合站,将油气和水分离,通过更粗的管道输送到处理厂,这是一项庞大的石油工程。油井是油矿最小的单元,我们负责看护几百公里的电力线路,电供至磕头机,驴头上下点着头,把方圆几公里的原油，从几千米的地下通过油管抽上来。

骆驼山属于超低渗透的油层，超低渗透在业界被叫作磨刀石，我们被称为磨刀石上闹革命的人。那些山里的矿产，被扎进山下的几千根管线捞走了最后一口黑金，原油产量断崖式下降，油井陆陆续续都被关停。人员分流带来的心理强震像山上狂风里夹杂着的细尘，无孔不入。

我记得那天的沙尘暴是突然降临的，闷雷一般卷着沙尘，像一匹脱缰的野马咆哮着压了下来。房子被沙尘裹得严严实实，耳朵里灌满了风的吼声。那天吃饭，依旧是傻儿鱼川菜馆。酒到酣处的一桌人，全没了斯文样。架线老板又提起"忧伤的牧歌"，说油田上的一对老职工，几十年两地分居，黑白颠倒，退休后两个人终于团聚了，不到一年就以离婚收场。这个事在油区传得广，我以前也和秦昕在电话里聊过，当我忍不住唏嘘油田婚姻的不幸时，她却比我豁达得多："婚姻这事，走过半生，已经不算差了。"

不承想，班长听完后蜷缩在椅子上说："一个在山里，一个在城里，两地分居时间长了，想说几句好听的话，都说不出口。"

"夫妻也会生疏哇？"我想起以前也问过秦昕："如果我们两个人休假时间不撞车，几个月见不上面，你能接受吗？"她发来了织女的表情，我回她气宇轩昂的牛郎。

"现在你不明白，以后就知道了，还是不知道的好。"班长忽然转过来对着我说,"想起件事,前几天吃饭时听有人说起秦昕。"

一听到秦昕,我来了兴致:"咋说的?"

班长给我塞了根烟,慢腾腾地说:"人事科的老张说他在统计信息时,看到秦昕婚姻栏显示为离异状态。"

风在吼,直往耳朵里钻,班长的那句话,被风灌进了我耳洞里,让我端坐起来:"离异?你是说秦昕离过婚?"

"这姑娘看着单纯,感情还挺复杂,"还没来得及发飙,就听班长又说,"你别想着发火,姑娘是我介绍给你的,觉得瞒着你不合适。"

像被管钳一通猛击,我的思维一片混乱。屋子里吆五喝六喝酒的人忽然安静了,连空气中的尘土也是静止的。他们看我的眼神诡异,那眼神里射过来的光,把我穿透后又折回来荡在我脸上。

拨给秦昕的电话接通了,我捻灭手里的烟头问:"我想知道一些事。"

"啥事呀?"

"你离过婚,为什么不告诉我?"

电话里先是莫名的嘈杂,而后传来关门的声音:"你,都知道了……"

"我不想当个瓜皮。"我忍不住对着话筒吼起来,声音听起来像抢险时喊的号子一样,"你还有多少事不想让我知道?"

"我和他认识不到一个月就领了结婚证。可维持不到三十天，就离了。"秦昕以前亮丽的声音听着暗下去不少，"知道了也好，那咱们分了吧。"

她的话像一把锋利的刀，把所有的猜测都连筋带肉割开了。我一时无话，咧着嘴苦笑，笑是没有副作用的镇静剂。挂掉电话前，秦昕说："谢谢你，给我的温暖。"

班长拉了拉我，递过来一杯酒，我拼命抓起灌进嘴里，感觉那不再是酒精含量53%的液体，而是没有任何味道的白水。

第二天早上醒来时，我赤条条趴在架子床上。太阳从窗子射进来，照在我吐的一堆污秽上。喝了一口浓茶，听完班长的叙述，惊得我酒醒了不少。班长说我像一头发情的野兽，光着膀子在石棉板房外又号又笑。那天晚上的记忆消失前，我记得给秦昕打过电话，传来的都是嘟嘟的忙音。给她发了几十条信息，也没见再有短信跳出来。我的耳朵里，能听到月光落在光秃秃山顶的声音，月光爬上骆驼山的驼峰，刺溜滑下山谷消失不见。起初我以为那是幻听，后来发现根本不是。那声音像抽油机的电动机低沉轰鸣，但秦昕的话，千真万确地给我这台电动机断了电。

恰巧老妈打来电话，在她的盘问下，我把情况一五一十地说了。

"你要真放不下，就豁出去追，女人的心软。"电话里说。

"这还不是被你们逼的。"我喝了口浓茶，把嘴里的茶叶吐进茶杯里。

"妈也是为你好,你要拿得起放得下。"电话里的声音剧烈咳嗽,"昨天……和你姑通电话,她说……同事有个姑娘,在你们骆驼山,要不见上一面?"

每次休假回家,她念经般催促,我也会见几个相亲的姑娘。她们说:"你能陪我去西安大唐不夜城玩真人秀吗?""你能带我去看冰岛的白鲸吗?"直到最后一个姑娘拆完十几个盲盒后说:"我只希望找个人每天下班后陪我逛街刷综艺。"我这才明白,谁才是骆驼山的那朵奇葩。"相亲就像拆盲盒,哪有那么多机会遇上爆款的。"估计我妈也不懂什么盲盒,懒得解释,我挂断了电话,久久望着窗外的抽油机。

回头看看我的过往,总想号啕一场,但想想也一把年纪了,被班长听到,又惹得一番挖苦,便一拳打在铁架子床上。

那些天的夜里,我经常醒着,烟把嗓子抽哑了,音乐和眼泪一起流淌。我甚至想到了张继写的《枫桥夜泊》,我想用笔写封信给秦昕,那支笔落在纸上后,思绪像细小泉眼里冒出的凉水,源源不断地涌出来,让我不得不把那些字敲到电脑上。

打印的文稿压在枕头下,却不承想被班长看到了。他找到篮球架下的我,说读了那篇作品,建议我删去煽情的段落和华丽堆积的形容词。想着那些精心嵌入的宝石,要被生生地连皮带肉挖掉一般,我心里极不情愿。班长看出了我的怨恨,便骂道:"看你那熊样。先把它们拿掉,再看作品的成色。"

我拍着胸脯喘着粗气，投出一个三分球，掉皮的篮球在篮筐上弹了两下，弹飞了。"臭球。"我说。

经不住班长白天夜里的软磨硬泡，那篇作品褪去浓妆，变得朴素，像刚刚出水的芙蓉，他托人把作品投到中石油职工艺术节的征文邮箱中。后来，那篇两万字的小说第一次带我飞离骆驼山，坐在职工文学艺术节的颁奖会上。嘉宾读颁奖词时说的方言惹得身边的观众哈哈大笑。当念到我的名字，我浑身激动得过电一般颤抖。站在领奖台上，接过获奖证书，相机闪光灯刺得眼睛发酸。那个证书上写着获得一等奖的小说，叫《我们的爱情》。那个证书像巨大的反讽，曝光了我无处安放的爱情，和无处释放的荷尔蒙。

也是那年冬天，单位有个参加文学培训班的名额，指派给班长。我们这样的山里人，极少有远行的机会，班长却说他培训过一次，便把机会让给了我。我翻山越岭长途跋涉，贴在车窗上，看窗外倒退的风景，拉着行李行色匆匆地从骆驼山来到首都郊区的一个酒店。

我现在也没想明白，为什么像我一样没见过世面的山里人，住着首都五星级的酒店，却在暄软雪白的大床上睡不着觉。午夜人们都睡着后，我踩着微微发霉的地毯，闻着从某个房间里飘出的沐浴液气味，听着一些暧昧的声音，一圈一圈地绕着酒店的回形走廊，鬼魂一样游荡。培训的最后一天，我和几个新认识的作家，跑到酒店负一层泡温泉。京城的冬夜冷得叫人直打哆嗦，跳进温泉里看着热气从头顶飘起来，惬意得无与伦比。坐在温泉里赤诚相见，他们吹牛一般剖析了些见解：文学也是一条生物学上的链条。一部作品从作者的思想生出后，就有了自己的成长方式，先发在期刊上，从期刊到选刊，又是它获得新生命的方式。被选刊转载后的作品，在年底会被收入各种年选里面。这样的作品，会有一个不错的归宿，在某一个好运降临时，会获得它应该获得的奖项。这成为作家成长的途径，也成为作品生长的方式。

也是那个午夜，我开始关注文学院网站信息，也给作协提交了文学院的报名申请。这是一个人飞翔的方式，我得尝试一番。

四

培训回来，我被借调到基地政工办，准备调研组的检查。据说要来的人级别高，人数比我们抢险时还多，基地的人从上到下严阵以待，可是一直没见人来过。

油矿基地在骆驼山脚下，小镇的街道被车碾轧得变了形，破裂的塑料椅，简易的操作台，占据了大半条街道。炒菜的香味弥漫在街道上空，我吃了一碗羊杂、一碗剁荞面，喝了陕北小米粥，才进了基地的院子，进楼时一身的油污，引来诸多好奇的目光。敲开办公室的门，里面烟味刺鼻，透过烟雾缭绕的空隙，坐在办公桌后面的人看上去三十多岁，胖头圆脑。他左手往沙发上指了指，笑着说："有什么事？"

"我叫冯斌，来报到。"我将屁股一点点落向沙发里，但最后只是将屁股的前半部分搁在沙发上。

"冯斌？"他的那种诧异，好像我的名字带着鱼钩的倒刺一样。喝了两口茶，挂在他嘴角的笑，慢慢消失了，"我是许超。最近有一系列的检查，借调你到政工办。"

从办公室出来，我站在窗前点着一支烟，猛吸了两口，丢进窗台上的一只褐色花瓶里。一时没主意，便拨通了班长的电话，他笑着说："这是好事。机关的小鬼天天围着领导转，你爬电杆累死累活，神仙也不知道你这个小鬼能上天入地。"

办公室是四人的一个格子间，坐在许超对面，我心里一直隐隐不安，思维运转得像老式拖拉机一样慢。班长说过，一个人能做成什么事，心里都有一杆秤。我的公文越写越离谱，离许超的初衷越来越远。他可能觉得会写汉字的人，能写出几万字的小说，同样也能把几千字的公文拿下。直到现在我也认为，押韵整齐的公文，是对汉字的巧取豪夺。

果然，没过几天，许超就从领导办公室踩着小碎步冲进来，啪地把手里的一沓纸丢在我面前："这就是你的材料？这能交得了差？"我只好离他远一些，但他手指头还是顶着我的鼻尖数落一通，"就这材料，思路混乱，总结没亮点，问题分析跟不上形势，还说你是个才子？"

047

我记得那天他夹着本子从领导办公室回来，把我叫过去，草草地说了几句就被一个电话打断了。"你接着电话，像赶苍蝇一样赶我走，我有什么办法？"我小声嘀咕。

"晚上把材料改好，"这声音具有超强的穿透力，整栋楼仿佛都被穿透了，"明天上班前，必须放我办公桌上。"

夜里十一二点，许超喝得迷迷瞪瞪，也没忘和往常一样，给办公室的座机打个电话，对我的挑灯夜战表示慰问。茶杯里的茶叶换了三次，才赶在上班前把材料修改好打印出来。

第二天上班，许超看了几眼材料后，当着我的面把A4纸从中间撕开，又叠在一起撕烂，最后丢在脚下的垃圾桶里。"你的文学是不务正业，还是规规矩矩写材料吧，不要误入歧途。"他用拳头砸着桌子，振振有词。

我心里想摔门扬长而去，留下桀骜不驯爱自由的背影。然而，我不知道业余写作对我意味着什么，所以像得了分裂症，下一秒小鸡啄米般点了点头。

在调研组来之前的那段日子里，前期验收小组一波接着一波。我发现虽然每一波验收的领导不同，但检查验收后的三部曲始终是一样的：每次验收后，我都要修改汇报材料，小标题对仗工整，主标题起得震天响。每次检查验收后，员工的标准化汇报，都要提高一个档次，若非亲眼所见，我绝不会相信那些复杂的工业术语，能被职工介绍得像篇美文。每次验收后，都要擦玻璃、擦地板、扫院子，还得给白色的围墙上刷红漆，涂上醒目的宝石花。

　　检查团从单位门口涌进来的那天，黑云滚滚吞噬着山头。他们穿着红色工服，戴着白色安全帽，浩浩荡荡如红色潮水，漫过我们基地的院子。秦昕消瘦的身影也混在人群里，算了算从上次之后，她已经有几个月没搭理我了。我想凑过去，可走了几步就停了，仿佛谁在背后拽着我。看样子她过得也没什么不好，我怀疑她是否早已不在乎了，与那个人重归于好，是否把我俩暗夜里聊过的微信删除，也将那个玉坠扔了。即便像母亲所言，一味地死缠烂打，又有什么意思？

　　走在前面的眼镜领导背着手走走停停，若有所悟地频频点头，说话不急不慢，要是听到感兴趣的地方，会扶一扶鼻子上掉下来的眼镜，在本子上记几笔。看到我写的作品，他让我讲一讲。刚开始说话时，我紧张得喉咙发痒，后面放开了，就把骆驼山的苦胡侃一通，并说我的小说，有油味，有温度，有积极的现实投影，深入生活，扎根石油，这是套用了培训课上女教授讲的原话。眼镜跟着主人频频滑动，眼镜领导对着我说了几句话，我沉浸在兴奋中，只看见眼镜下干裂的嘴唇蠕动着。最后，领导讲话了，总的是三点，三点里面又套了三点，主要就一个意思：人员分流不可怕，页岩油的前景广阔，石油工人就是砖，哪里需要哪里搬。看得出来，眼镜领导对这次检查比较满意，脸上的表情轻松。讲完话，他背着手随口问："大家还有什么事？"

就在这时,班长从人群后面冲上来说:"我在油田半辈子,现在身体不行了,把我分到离医院近些的地方。再分到荒山野岭,就是草菅人命了。"

眼镜领导看了看身后的人——大家面面相觑——便沉下脸说:"有困难大家都提出来,回去研究研究。"

看到班长消瘦的身体,鬓角刺目的白发,我忽然很想念以前喝酒摇色子的热闹,我把他从人群里拉出来:"走,别闹了,我请你吃饭。"

班长叹了口气:"咱们得坐坐,下次都不知道是什么时候了,把山上的几个老哥们儿也喊上。"

那天的雪,也是从中午开始,悄无声息地落在人们头顶的。

我揣着两瓶"七两半",去赴我们的聚会,地方还是傻儿鱼川菜馆。推门进去时,收银台上落满灰尘的电视里,正播着一部西北公路片,荒沙戈壁的环境,生活着一群毫无秩序的人。

班长拉着我,坐在他旁边。大家像从沙滩丢进海里的鱼,来回穿梭,相互寒暄敬酒。桌子上带来的白酒,很快见了底。我们有意拍了张合照,又拿了两瓶白酒过来。看我们一杯接一杯灌酒,班长也要了小杯喝了两杯。看他喝黄连一般的神情,我劝他:"不要再喝了。"

"以前的酒,喝下去香,现在咋这么苦,"他把酒杯攥在手心里,"老话说得对,一个人能喝多少酒是有定数的,年轻时把酒喝多了,身体喝垮了。"

他给我丢过来一包五十几块钱的香烟,我反反复复看了看说:"可惜了这么好的烟,我现在不抽了。"

他诧异的眼神,好像第一次认识我:"戒了?"

上瘾的东西很难戒掉,感情何尝不是一样。我想如果能戒掉一天一包的烟,就能戒掉对一个人的思念。但每次喝醉后,我都会忍不住给秦昕打电话,女人最耀眼的一次绽放,还没来得及展示,就枯萎了。"戒了也好,一个人能喝多少酒,能抽多少烟,是有定数的。"班长说。

下午我还得回格子间写检查的新闻稿,不得不早早离席。临走前,班长抹了一把窜进领子里的汗珠子说:"把这本《失乐园》给你,我也就彻底告别了这地方。"

班长那些年的最大心愿,就是把贴在博客右侧,码得像六月麦子一样整齐的作品出版成册。我端起面前的白酒一饮而尽,抓着那双被渡边淳一握过的手:"听说你的新书出版了?"

"你好好评价一下。"他转身从背包里面拿出一本散文诗。

我揣着厚厚的两本书,戴起棉帽子,穿上棉工衣,背着众人眼里射出来的光,告别了班长。我记得那天的风很硬,吹在脸上刀子一样,但班长的声音浑厚温暖,让我对以前在酒桌上的愤斥感到歉意。

五

下午,我正在办公室收拾七零八落的文件,还有那些烫着金字曾经被我视若珍宝的获奖证书,忽然接到傻儿鱼老板拨进来的电话:"冯晓军在卫生室,你去看看。"他的声音低沉,电话里信号吱吱呜呜。我脑子里忽然冒出的问号像无数吹起来的泡泡。

跑到卫生室,班长直挺挺地躺在病床上,要不是插着的氧气管和贴在身上的监听仪器,他闭着眼睛的样子和以前喝完酒睡着了一样,只不过那颗酒糟鼻看着红透了。我急忙问医生:"他怎么了?"

"酒后昏迷。"

"下午不是还好好的?"

"人都这样了,你们还喝酒,也太大意了。"在医生断断续续的叙述中,我还获知,脑溢血造成的血块压迫神经,必须立即转院手术,否则后果不堪设想。那是我第一次意识到,时间对一个人真正意味着什么。

风雪交加,班长经常带我走的山路,那天显得格外长。从卫生室到县医院,已经过去四个小时。

看着医生从手术室出来,我凑到白大褂跟前,仿佛看着救世主:"醒了没?"

"送来得太晚了，病人还在昏迷中，至于啥时候能醒，还不好说。"医生的话，把我心里面那仅存的一点侥幸踢得干干净净。

我世界的一角，塌方了。坐在医院冰凉的走廊里，我清晰地听到死亡如此近地呼啸着从耳边划过。廉价的眼泪，像地下泉水源源不断地涌出来。

我想逃离那个伤心的地方，但哪里有我的栖息地？培训时，我见识了城市生活的华丽，但心里有个声音说，绚丽的城市，适合很多人呼吸、恋爱和生育，终归不是我的精神原乡。

骆驼山的人张着窥视的眼睛，把探测器伸进我的手机微信，聊天的小红点像一波一波巨浪，把我推进沸腾冒泡的水里。额头起的痘痘，口腔的溃疡，上火的牙龈，层出不穷。

那天天黑前，我匆忙从医院赶回到基地办公室，想取些医院用的洗漱用品。刚推开办公室门，就看见沙发上有俩人，再仔细一看，头先炸开了。秦昕被压在沙发上，脸红得跟猴屁股一样。他们看见了我，也是愣住了。我直愣愣地看着俩人，在与秦昕眼神交汇的一刹那，她的面貌变得奇怪起来。

"大眼瞪小眼的，有什么好看的？"许超首先恢复了镇定，一摆手说，"我俩说点事，你滚一边去。"

"王八蛋，放开她。"我猛地跑过去，抽了他一个大嘴巴子。

"你个王八蛋，少管闲事。"许超一把抓住我的衣领，瞪着我咆哮起来,"我俩谈恋爱结婚时,你还不知道在哪个山头巡线呢。"他在恋爱结婚几个字上加重了语气。

衣领勒得我呼吸困难,仅存的几分理智支撑着我分析他话里的意思,想从中获取更多信息。

"还不明白?"许超脖子上青筋暴起,哼了一声接着说,"我俩离婚了,但现在我后悔了。"

"我真不知道,原来是你这个大傻子。"我好像明白了些什么。

"不要犯傻,好吗?"秦昕站在我们之间,眼角挂着泪滴,试图阻隔冲突。但这在我看来,只是火上浇油罢了。

"我就是个冤瓜。"我感觉浑身控制不住地颤抖,天花板在眼前摇晃,"但有我在,没人能再欺负你。"

"我一直想给你解释,可油田封闭得很,一个离过婚的人,谁还要?"秦昕拉起袖子,露出愈合后留在小臂上的白色疤痕,"你看到了,这些都是拜他所赐。"

秦昕的声音在我耳边,离得很近,听着却又很远。

"她一个离婚的女人,你还把她当个宝?"许超步步紧逼,嘴角挂着不屑的笑。

"你个大傻子,我忍你很久了。"我没像以前一样再躲,反而上前一步,死死掐住他,"你把她毁了,知道不?"

"轮不到你教训我。"许超的脸憋得通红,随即一拳打在我脸上,同时,膝盖击中了我的裆部。确切地讲,他的动作是用双手搂住我的脖颈，用力压低的同时猛抬膝盖，整套动作一气呵成。

我捂着裆部弯成一只大虾，疼得快窒息了，视线也渐渐模糊，隐约看到秦昕跑过来试图扶起我。许超拉扯着秦昕，一直在吼，我听不清他说什么，只看到女人被推倒在地上。

"为什么？为什么这样？班长还在医院昏迷。"我嘶喊起来，感觉心口"咚咚"直跳，黑血仍不断地涌上头顶，"这狗日的骆驼山。"

我像一只困兽，感到天旋地转，忽然看见窗台上的褐色花瓶，顺手拎起对着许超的胖脑袋砸了下去。就那么一下，爆开花的碎片散落一地，过了好几秒才感觉手被震得发麻。我大睁着眼睛看着他，奇怪的是，许超站在我面前一动不动。忽然，血从头发里渗了出来，帷幕一样将他的脸遮起来。秦昕"哇"地叫了一声。

许超使劲捂着头，被跑过来的同事抬着出门谢了幕。我像杀人未遂的凶手，想跟在后面，却一屁股瘫坐在地上，软成泥人。秦昕两行眼泪顺着胖嘟嘟的脸颊流下来，让人看了心疼。她说"离异后我一直自卑，也恨自己，没有经营好婚姻。"

这声音轻柔，仿佛掺了黄连的蜜，那种令人捉摸不透的表情又回到了她的脸上。听着女人的叙述，我心里被左右勾拳轮番重击，帮她擦了一把鼻涕眼泪，从嘴里蹦出几个字："我还是在乎你的。"

"你没必要勉强自己，"女人的直觉真是准得要命，我也无力反驳。秦昕说完提着扫把，把那些沾着血的残渣碎片扫进簸箕里，出门前又转过身说，"哦对了，有个你的快递，门岗送来时说最近乱得很，差点整到废品里去。"

我疑惑着接过落满尘土的袋子，在寄件栏看见一个熟悉的校名，撕开袋子抽出录取通知书，我反反复复看了多遍，第一次觉得一份公文如此有内涵。"文学院"几个红色的大字，像扣动扳机的撞针，撞击着我的心脏。我第一个拨通了班长的电话，几声过后才意识到什么，又换了个电话拨通了，没等那边说话，我就喊："我收到录取通知了。妈，我被文学院录取了。"

结果，老妈可能是没明白我胡言乱语的是什么，应承了两句，话头一转说："上次介绍的姑娘，你还见不见？"

"哪个姑娘？"

"你姑介绍的，叫秦昕。"

"叫什么？"

"秦昕！"

再念起她的种种，心又被针尖刺了一样。忽然想起我们初次过生日的那个夜晚，月亮周围有一道巨大的风圈，还记得吻她的发梢，留在嘴里的烟火碎屑。我撑起双腿，冲出门外。

多年以后，我再问起大家时，人们纷纷摇头，仿佛这就是我做的一个梦。但总有故事发生过，有的故事还没讲完，有些事被时间轻易翻过去，薄如蝉翼轻若烟。但那些掉进时空虫洞昏迷不醒的人，在我心里像一座山沉积下来，不知道还要过多久，才能被风蚀呢。

我依稀记得，骆驼山最后见到的那场雪，赶在天黑前，没了命地从云里逃出来，纷纷扬扬地覆盖了我曾经走过的山路，爬过的电杆，喝过酒的山头，流过泪的土地。鹅毛般的大雪，让天地一片圣洁，像一个初生的新世界。

一颗滚石

盛夏,阳光透过硕大的梧桐枝叶,在三列整齐的课桌上流动着粼粼碧光。靠近窗户最后一排的课桌上,一本翻卷着页脚的语文书在风中舒展着腰。

杨淼把长发扎成马尾巴,长长的脖子就露出来了,白白的校服领子没有一丝汗渍,细细的绒毛随着呼吸轻轻悦动,淡淡幽香在空气中浮起。石磊趴在桌子上,看着前排的女孩,偷偷抿着嘴笑了。

石磊和杨淼同在一个国企石油大院长大。因为杨淼,石磊困顿的童年显得无比快乐。那时候小孩子在院子里疯,大孩子出去疯,只有杨淼在家里的阳台上弹电子琴,她专注的侧脸是那样地好看。时光在山水间流逝,不知从什么时候开始,就深深地映在了石磊的心里。

很多次,石磊在自己的床上都听得见爸妈压低了声音嘶吼,偶尔还会传来玻璃碎裂的声音。并不是每个家庭破裂的小孩都早熟,至少石磊不是这样。每次父母吵架后,石磊最喜欢去杨伯伯家。杨淼房间里的台灯有着柔和的橘红色,暖洋洋的。那时的他懵懂，直到上初中后，才在课外书上读到了一句："郎骑竹马来，绕床弄青梅。"

初一整个暑期，杨淼辅导石磊练习数学公式的推演，反反复复演算。那时的时光总是慢悠悠的，学习中间休息，杨淼托着双腮静静地听石磊为她弹吉他。她上扬的嘴角在笑，弯弯的眼睛在笑，连脸上的雀斑都在笑。

十七岁的石磊，被迫接受父母的离婚判决时，他只觉得如释重负，那些年已经对他们的战争彻底厌烦了，他都替他们累。可是他的胸口像千斤重的巨石堵着，一开口泪水就在眼眶里打转。

石磊被郑重其事地安排在沙发中间，爸爸妈妈一左一右地坐在他旁边，奶奶则在对面抹着眼泪。他们的嘴一张一合，可是究竟说了什么，他一句话也没记住。爸爸摸了摸他的头，妈妈一直都抓着他的手，他们不约而同地一脸愧疚。晚上躺在床上，石磊突然觉得自己的心像被风吹落的树叶一样，空落落的，失去了着落的方向。

从不懂事到懂事，也许只是一个字的差别，却铺天盖地地改变了所有。石磊忽然之间沉稳了许多，仿佛一下子完成了某种蜕变。多年以后，石磊都没有从父母离婚的阴影中走出来，这个阴影就好像他身体的投影一样如影随形。只是很多事明白后才发现，曾经的耿耿于怀，已经变了味道。那些曾经真真切切刺痛心脏的事实，被时间这杯溶剂溶解得无影无踪。

石磊参军了，那是他选择逃离伤心地方的唯一办法。那天下着瓢泼大雨，石磊穿着宽大的陆军军装，背着背包，杨淼很大方地将伞靠往石磊身上，让他不会被大雨淋到，自己却湿了大半边。

石磊一路沉默无言，在火车站他轻轻地抱了一下杨淼，转身走向站台的部队时，杨淼一下子冲上来从后面抱住他哭得撕心裂肺。石磊决绝地掰开杨淼的手，大步走向绿皮卡车，走向他的军旅生涯。

石磊说多年后，他想起那场大雨中的告别，杨淼失落、焦虑加无能为力的眼神，他闭上眼睛仍看得见。多少次在梦里，那场大雨不断向下坠落，坠落，深不可测，没有一辆车经过的火车轨道像单调的线条，天空灰蒙蒙的没有尽头。

初到军营，石磊觉得他长那么大加起来受的苦，都不及新兵三个月训练的十分之一。那时候的一天不是二十四小时，漫长得像一年、一个世纪。刚跑步时跑的是连队的操场，后面跑的是连队后面的山路，再后来跑的路不能再算路，而是一条蜿蜒的羊肠小道。而且时间要求越来越短，刚开始时二十分钟达标，后来武装越野要求十八分钟完成。

收到杨淼的信，石磊如获至宝。还是熟悉的娟秀字体，上面写着"鹰的重生"，她清秀的字体最后说石磊是凤凰涅槃的重生，期待他飞翔在蓝天的那一天。

轻轻地将信折叠揣在怀里，石磊穿上迷彩服，朝训练场跑去。雨天，石磊扛着圆木飞奔；雾天，石磊对着沙袋拳若流星；雪天，石磊绑着沙袋在攀岩；艳阳天，石磊跑上山头，光照射在年轻的脸上，刚毅十足。

第一次享受连队的探亲假，石磊直接订了去杨淼所在大学城市的火车票。他是穿着军装走的，坐的是硬座。中途站在车厢接口处，呆呆地看着车外掠过的风景，他才想到离上一次从车窗看那样的风景，已经过去两年两个月。在那两年多时间里，杨淼考上了大学。坐了一天一夜的硬座，他来到了杨淼所在的学校。

樱花随着微风缓缓飘落，石磊站在宿舍楼下，看着脸红扑扑的杨淼，张大嘴说不出话。杨淼已经不是他记忆里的样子，她微微上扬的嘴角和高高隆起的胸脯，一头黑黑的长发披在腰间，随着微风舞动。杨淼眼前的石磊，也不是当年当兵时的样子，个头蹿高了一大截不说，黝黑精瘦的身上散发着男人的味道。

再次相聚，时光好像又回到了从前。他俩在一起有说不完的话，以前的乐事、糗事，都翻出来说了个够。

校园樱花开得正艳，广播里的音符在跳舞，樱花随着旋律浮动。杨淼拉着石磊，驻足在樱花树下面，用手掌心接住落花，再一片片抛起，再接另一片，迷望着眼前人，石磊仿佛被带进了另一个梦的世界。

石磊郑重地掏出一枚三等军功章别在杨淼的胸前，杨淼含着泪水摸着闪闪发光的军功章,一遍一遍抚摸他的胳膊上的伤痕,轻轻地说:"部队是个大熔炉,你真的变成了一只雄鹰。"

石磊淡淡笑着,愣愣地看着她,低头吻了她的唇,第一次吻了她的唇,软软的,甜甜的。娇艳的樱花衬托起那一抹红晕,若隐若现,让人心动,蔓延开层层叠叠的风景。

石磊喉咙沙哑地说:"等你毕业了,我就娶你!"

杨淼抱着他哭出了声。他们就这么抱着,听着时针叮叮当当的脚步,一直到暮色大沉。

那年夏天,石磊被提干当了排长。冬天石磊带着穿冬训服的新兵,做手榴弹投弹练习时,一颗手榴弹在身边爆炸,石磊用身体护住了投弹新兵,自己却没来得及卧倒在防弹坑里。

军区的三甲医院,环境是数一数二的。新的环境里有很多聋哑人,彼此交流时,相互之间需要打手语,石磊看着他们心里就会痛。他买了书籍和教学视频,花了半年时间学会了简单的手语,慢慢地融入一个无声无息的世界,一个杨淼所不能理解的世界。

石磊昏迷时,有那么一刻好像从沉睡了几万年的记忆中苏醒,一扇门慢慢打开,有神圣的光照到他身上,他看到了好多美好的结局,看到爸妈冰释前嫌和好如初,看到杨淼和他携手走进了大学校园,看到他在军营满怀激情,意气风发。他听到好多人对着他说了好多话,杨淼说"你快来娶我啊",战友说

"滚石一般的人生"。他感受到好多人流的眼泪,冰冰凉凉滑滑地滴落在他的脸颊上,他好像在做梦,一个比他成长的时间还长的梦。

再往后的第二年,石磊的手语有了专业水准。他实在忍不住,去了一趟杨淼的大学。

杨淼参加的歌手选拔赛刚好进行决赛。他悄悄溜进礼堂,站在阴暗的角落里。女孩在台上发挥自如,蹦蹦跳跳,下面有男生把双手放在嘴边尖叫着,拼命晃动荧光棒。演唱结束时,石磊看见一个帅气的男孩,抱着一束花朝杨淼迎了上去。

后来杨淼给他写信说,在唱歌比赛上看见了一个人跟他简直一模一样,她惊讶世界上竟然有两个人能像成那样,简直是个奇迹。杨淼说她写了无数封信,但没有收到他的一封回信,她不知道发生了什么,不管是天荒地老还是海枯石烂,她都会选择等下去。

石磊一边看一边有眼泪止不住一串一串奔涌着流出来。晚上石磊写了一封信,告诉杨淼,喜欢她是一场生命的留恋,他承诺的毕业就娶她或许没法实现了。那封信他存着没有发,和抽屉里厚厚的几十封信一样。

那天从大学礼堂出来,石磊鬼使神差地走到了那片樱花林,细雨和樱花飘飘落下,随处可见成双成对的情侣,走走停停,轻歌笑语。微风吹过,一簇樱花颤颤巍巍,芬芳萦绕低回。人面不知何处去，桃花依旧笑春风，细雨湿了花儿，醉了人心，心底的忧伤，随之蔓延开去。

石磊没有告诉杨淼他去过她的学校，没有告诉杨淼他现在的地址，没有告诉杨淼他荣获的二等军功章。

因为那场训练事故后，石磊再也听不到任何声音。

怦然心动

一

陈诚和张怡佳的相识颇具戏剧性。三年前的一次培训,陈诚拿出勇气追求张怡佳,没想到丘比特之神眷顾了他。

那次培训是一个科级干部新闻培训班,科长有事脱不开身,临时拉陈诚挡差。陈诚当天晚上才接到通知,第二天早早收拾,赶到培训教室时,还是迟到了。抬头看见主席台上讲话的人叫黄赣,留着个小平头,一身西装格外抢眼。黄赣在台上气定神闲,讲话引经据典,讲解了这次培训的重要意义和课程安排。

"大家都已经离开校园好几年了,咱们坐在一起,就是一个集体。麻雀虽小五脏俱全,我们需要选出一位班长和组织委员,来处理一些事务性的工作。"黄赣说完站起来,在教室里环视了两圈,还是没人出声,便轻轻地干咳了一声。大家对这个只有名分没有实权的职位都是心知肚明,班长和组织委员是实实在在地为人民服务。陈诚抬头，刚好和黄赣询问的眼神撞到了一起。

"我看大家都还是没有放开嘛！有没有毛遂自荐的？"黄赣问道。

陈诚转念一想，其实干这个班长也没什么坏处，他在培训信息表上发现自己在这个集体里比较年轻，他想通过班长这层关系多接触些同学，积累人脉。想到这里，他站起来声音响亮地说："我愿意为大家服务！"

"我来试一下！"就在陈诚刚站起来时，他前面一位女学员也自告奋勇地站了起来。

"哟，还是双响炮哇！"黄赣带头鼓掌，学员也都笑着报以掌声表示支持。前面站起来的女学员转身望向陈诚，略显尴尬地相视一笑。

黄赣接着说："我看你们俩搭配起来就刚刚好，一来你们俩在班里年龄小，二来男女搭配干活不累。陈诚任班长，张怡佳就勉为其难担任组织委员吧。"

张怡佳一米七，短短的沙宣发型显得整个人清爽干练。他俩的单位都在西安北郊。

"你好，我是张怡佳，请多多关照。"看着陈诚走来，张怡佳主动伸出手。

"我叫陈诚。希望咱们合作愉快。"陈诚轻轻地握了一下张怡佳的手。

"你真是年轻有为呀,我应该说请你多指导才对!"张怡佳调皮地说道。

陈诚想起来这次培训来的都是科级干部,张怡佳是把自己的行政级别弄错了,所以才说年轻有为。他不好意思地挠挠头:"我是替我们科长来的!"

"那还挺巧,我也是。"

"要不说咱们年龄最小。我是一九八八年的,你呢?"陈诚笑着问。

"我呀,保密!"张怡佳笑了笑。

笑靥如花,这成语用在眼前的这个女孩身上,妥妥帖帖,稳稳当当,这个笑容一下子击中了陈诚的神经。发现眼前的人盯着自己出神,张怡佳白皙的脸上慢慢爬上两朵桃花。

下午食堂的包间里,同学自行坐满四桌。看得出来,学员都是抱着放松休假疗养的心态出来培训的。大家相互寒暄,气氛活跃。陈诚虽然喝的是红酒,但在众学员的车轮战中,也喝下去了将近一瓶的量,走路的步子开始有些凌乱。

"没事吧?"张怡佳问门口站着的陈诚。

"没事!只是喝得有点急。"陈诚说。

夜色清凉。陈诚将自己的外套给张怡佳披上。张怡佳笑了笑,将衣服在自己的肩上裹紧。

"你结婚了吗?"张怡佳问。

"没。现在找个适合结婚的,不容易!"

"婚姻就是过日子,大同小异!"

"那你在围城里,还是在围城外呀?"

"我呀……孤家寡人。"张怡佳用双手夹了夹身上的外套。

陈诚轻轻地拍了一下张怡佳的肩膀。谈话就没有再继续下去。

回到房间,酒意下睡意渐浓。宾馆的床很柔软,被子上散发着淡淡的消毒液味道,一觉醒来陈诚在淋浴间痛痛快快地洗了个热水澡,全身清爽。想起张怡佳白皙的脸、清澈的眸子,觉得"不知醮洗儿时面,曾取红花和雪无"这句钱钟书写给妻子杨绛的赞誉,也适合形容张怡佳。

周末张怡佳的一个电话,让陈诚的内心抑制不住地悸动。他俩在城墙头上骑双人自行车,城墙高、宽各十二米,绕城墙骑一圈,得四个小时,一路嬉闹玩耍,听她愉快地哼歌,他想那就是以后要走的漫漫人生路了。骑完自行车,坐在曲江湖的小船上,迎面吹来的风带着淡淡的香水味。陈诚本能地抱住张怡佳,迟疑了几秒钟后,吻了吻她的嘴唇。女孩的唇饱满而柔软,像是带露水的花。他没有想到会在这样一个毫无预知的亲吻中,产生那么强烈的冲动。大学毕业后,已经很长时间没有这样深深地吻过一个人了。小船不知何时漂到了岸边,陈诚看到怀里的张怡佳闭着眼睛,连忙拍着自己的脑袋连声说:"对不起。"张怡佳睁开迷离的眼睛,红晕顿时浮上了脸庞。

这段恋情遭到了张怡佳父母的反对。未来的丈母娘匆匆赶到长安,那天请兴师问罪的长辈吃的是同盛祥的羊肉泡馍。坐上桌子,三个空碗里放着白馍被端了上来,张怡佳殷勤,从店员手里先接过一碗,一边放在了母亲面前,一边催促店员:"糖蒜、酱辣子、香菜,快上!"

陈诚心直口快:"阿姨来了,我们带你多玩几天。"

未来的丈母娘说:"阿姨有话就直说了,供怡佳上大学不容易,虽然不图她回报,但希望她过得好,你俩连个住的地方都没有,让我怎么放心呢?"

张怡佳吐了吐舌头,说:"掰馍,掰馍,边掰边聊。馍要这么掰,先把馍一分为二,用指甲掐,掐出绿豆大,每粒要保留馍皮哩!你看那桌上的老人,来吃泡馍要两份,一份掰好拿去煮,再开始慢慢掰第二份,掰出的第二份包了带回去,隔天再来,每天轮换着吃。"

张怡佳把掰的馍再拣大块的,掰了一遍。掰好了馍,店员拿去了厨房,张怡佳用求救的眼神望着陈诚,停顿了一下才说:"你放心,我俩用不了几年就会有自己的房子,到时把你接过来好好享福。"

陈诚也没想到女友会这样说,夹着糖蒜放在嘴里嚼着,一时沉闷,听未来的丈母娘又讲:"你们知道秦人为什么就能打败六国吗?"

陈诚摇头,不承想未来的丈母娘是中学历史老师,她说:"秦国的士兵,有备无患哪!他们出征时,拿上羊肉和馍,羊肉煮馍吃了热乎又耐饥,等杀到敌营,那些敌人才费时费力地做饭,当然就溃不成军了。"

泡馍端上来,张怡佳拿筷子抄起一口来吃,没料到太烫,一时舌头乱动,还是吐了出来。她母亲意味深长地说:"烫了,就要放一放!"

张怡佳有些不好意思,筷子在碗里搅了又搅。

陈诚只喝了几口汤,平息着舌头、喉咙和胃的烧灼感,额头上沁出一层汗。

恋爱很容易使人的智商下降。张怡佳当时已经陷入了情网,她喜欢吃甜醅子,那是青稞做的酒酿,冰冻爽口,又甜又凉,还有一种淡淡的酒味。那天她呼噜呼噜喝完后,说这像爱情的味道。最终,她还是力排众议,在单位分的宿舍里做了他的新娘。

二

结婚三年,不管是结婚前义无反顾,还是结婚后一分钱掰成两半花,张怡佳坚信爱是婚姻最坚实的基础。就像她拿手的八宝粥,每次都得从袋子里取出八种食材,红的红豆、绿的绿豆、玉米珍、大枣粒、红小豆、白扁豆、黑米、燕麦,一遍一遍淘洗干净,放在电饭锅里,三个小时便能熬出一锅美味佳肴。

陈诚下班刚进宿舍，一股浓郁的粥味扑鼻而来。被张怡佳收拾得纤尘不染的房间，窗台上洗得干干净净的衣物，远远可以闻到透明的肥皂清香，宿舍墙上是一张结婚照，两个人眼神里满是爱恋和幸福。

看到陈诚回来，张怡佳说："有个好消息要告诉你，我们可以买房了！"

陈诚心里"咯噔"一下。他白天也看到了单位购买福利房的公告，凭他们的条件，完全符合购房标准。他兴致勃勃地在心里盘算了一番，按照单位公示的房价，他俩目前的十四万存款完全能付清首付款，剩余的房款用两个人的公积金办理房贷，要不了几年就能完全付清。想着即将拥有的房子，他禁不住眼睛都笑出弯弯的弧度。

但是天下事无巧不成书，半年前他将自己的八万存款借给了大学室友李刚，约定的期限是一年时间，一年后利息一万多，收益相当可观。他从下午开始拨打李刚的电话，想要回自己瞒着张怡佳借出去的存款。办公电话和手机拨出去不下十次，李刚的电话一直处于无人接听状态。快下班时，不安从陈诚心里一点点泛起，他联系了两位大学室友，想不到两人先向陈诚吐了一肚子苦水，说李刚也借走了他们的钱。好友丁栋发来了一串电话号码和一个家庭地址，愤愤不平地说："李刚说是融资，其实就是放高利贷！"

陈诚一时间内心忐忑，他用办公室的电话拨打李刚新的电话号码,电话拨通很长时间后才被接起。

"我买房子需要一大笔钱,你把钱先还一下,不用付一分利息。"陈诚的声音微微地有些颤抖。

"我的好兄弟,我的压力比你大多了,这次融资押上了我的全部家当,但我投进去的钱,连一个浪花都没看见。现在天天被人追着要钱。"

"要是错过这次单位集资的福利房,我会后悔一辈子。"陈诚艰难地说着,他无法想象张怡佳知道这件事后会有什么后果。

"我现在落难了,你通融下。我不想失去你这个朋友,我最在乎的还是咱们的友谊。"李刚说完随即挂断了电话。

听见话筒里传出的"嘟嘟"声,陈诚躺在椅子上几乎虚脱了。一想到回家后张怡佳知道这件事的后果,他有种想逃离的冲动。

有些事情已经无法回头,陈诚故作镇定地说:"咱们的房子,还是缓一下吧,不说目前的首付和按揭,就是装修也需要一大笔钱。"

"我今天专门咨询了住房办,咱俩的存款付首付没有问题,按揭用咱俩的公积金,至于装修当然是车到山前必有路、船到桥头自然直。"张怡佳眼神里露着坚毅的光。

陈诚说:"咱们的钱不够首付了。"

张怡佳一边搅动八宝粥一边回头问:"为什么呀?"

"因为……因为我把存款借给李刚了!"

"借了多少?"

"八万。"

"那你赶快要回来呀!"

"我打电话了,李刚说最近资金有困难。而且当时融资时说的一年利息将近一万,收益相当可观。"

"我们不要利息,现在就打电话把钱要回来,我们这几天尽快选房!"张怡佳直直地走到陈诚身前说道。

看着张怡佳端着八宝粥涨红的脸,陈诚讨好地说:"我实话告诉你吧,我今天和大学的哥们儿联系了一下,李刚向每个人都借过钱,而且李刚借钱不是融资,是放高利贷了。"

咣当,那种疼是从脚面一直传到心尖尖的,张怡佳手里滚烫的八宝粥一下子滑落,倾倒在两个人的脚面上。粥里饱满的食材洒落一地,他们俩也被这刚出锅的美食烫得不轻。陈诚顾不上钻心的疼,赶紧弯腰查看张怡佳脚面的伤情。张怡佳猛地抬脚,想甩开陈诚放在自己脚面上的手,膝盖却顶在陈诚的胸口,并将陈诚顶翻在八宝粥上。

"你干什么!钱已经借出去了,我也不知道能不能要回来。但你一提到房子就变得无理取闹。"陈诚的怒火在倒地后冒上来。

刚刚张怡佳意识到自己的不小心,烫伤了他俩,心生歉意,心里打算退一步再说,但是听到陈诚咄咄逼人的口气,血一下子涌上了头。

"我想给咱们安个家,错了吗?我一件内衣穿几年,抱怨了吗?一年前咱们攒够了买房的首付,你家的老人病了,我们将一半存款拿出来给老人治病,我说过一个不字吗?房子本来马上就可以到手了,你看看你办的什么事!你简直是……"张怡佳盯着陈诚气急败坏地吼道。

陈诚被数落得无地自容,张怡佳说的句句在理,但妻子的针锋相对,让他感觉自己的忍耐已经到了极限,他气极反问道:"简直什么?"

"你——你,你简直成事不足,败事有余。"

"那你找成事有余,败事不足的去!"

"真没想到你能说出这样的话,我当初怎么就嫁给你了?"张怡佳反唇相讥。

这话触碰到了一个男人的自尊底线,陈诚吼道:"房子那么重要,你跟房子过去好了。"

张怡佳的脸瞬间苍白起来,声音颤抖着说:"你混蛋!"

陈诚用最快的速度转身走出宿舍,他不知道如果自己再留下来,会做出什么更加出格的事情。恍惚着在人流中穿梭,街道的夜和白天一样热闹。脚上烫起的水泡远不及生活在他心里刺下的痛。他头痛欲裂,似乎是脑袋里面有一把锯子拉扯着。婚姻到底是什么呢?它披着华丽外衣,引得无数痴男怨女走进钱钟书笔下的这座围城。但柴米油盐酱醋茶的现实,一点点会打磨掉激情,让真正的生活本质返璞归真。

他决定连夜坐火车去找李刚，讨回借出去的存款。

三

天亮时赶到董志塬，站在这片高天厚土之上看庆阳，眼前被雪雕刻过的山、树和村舍，一派北国风光，陈诚深深地吸进一大口冰冷而新鲜的空气，再看着呼出的白气把自己缠绕。

李刚家的四合院被装饰一新，大红的对联贴在门口，将院子装饰得喜气洋洋。正屋的正中间挂着一个大大的寿字，格外醒目。整个院落摆满桌椅，宾客坐得满满当当，进进出出熙熙攘攘。

李刚的父亲身穿暗红色西装，红光满面、笑容可掬地对着宾客点头致意，四周的宾客纷纷送上祝寿词，李父笑呵呵地抱拳作揖。

陈诚没想到是这种场面，一时间没了主意，便茫然地跟着宾客坐在院子的席位上。周围的人觥筹交错，气氛热闹，他却像个孩子不知所措。有宾客说："三十年河东，三十年河西，李家这几年走了财运，这几年的日子像元宵节的灯笼红红火火。"

开席没多久，李刚就注意到陈诚的来访。他神色慌张，急忙将陈诚带到四合院的一个偏房，房子里的墙上挂着一幅装框的照片，照片上肩并肩站着十一个少年，在绿茵茵的足球场上天真无邪地傻笑。那是大学足球队的合影，陈诚被眼前的这幅大照片吸引了。

"我买房子需要一大笔钱,你能不能把钱还我,不用付一分利息。"陈诚用复杂的眼神看着李刚。

"办完今天的寿宴,我就成穷光蛋了,我现在也不知道我的退路在哪儿。"李刚仿佛用最后的力气说道。

"你怎么走上高利贷的路了?"陈诚焦急地想知道事情的原委。

"刚开始,我和两个朋友开办了一家名叫浩鑫信贷的投资公司。"

"我们都知道刚毕业的那几年你干得风生水起,而且据我所知你确实也是赚着钱了呀!"

"最初的情景确实是你看到的样子。那几年看准了时机的人,开始疯狂地把钱送进民间信贷领域。我们的公司在最繁华的街道上,每天都有投钱的人进进出出。"

"那后来呢?"

"后来房地产公司的老总车祸身亡后,资金没法回笼,一下子扯断了我们的资金周转链。我想借更多的钱堵住那个无底洞,却在这条路上越走越远,"李刚的脸色不知什么时候从红润变得苍白如纸,"发生这样的事,我一直瞒着没敢告诉家里人。在这个节骨眼上,算我求求你了。"

曾经那个风度翩翩的少年早已不在,眼前的李刚像一个被高利贷吸空的躯壳。陈诚跌倒在椅子上,一时欲哭无泪。他是讨债者，但不是完全纯粹的受害者，他禁不住诱惑将钱借给李刚，如果李刚现在是在深渊里，他也是凝视深渊的人。

房上的雪开始消融，房檐上的冰凌像长长的刀子直指大地，一滴滴雪水顺着冰凌轻轻滑下。凛冽的寒风席卷着黄土，掠过一望无垠的董志塬，陈诚沉重的脚步深深地刻在雪地里，发出一串串吱嘎声。

四

春天暖暖的阳光透过玻璃窗照进来，投在陈诚身上绽放出一圈圈的光晕。中午下班时，陈诚没有预料到会在单位门口遇见李刚。李刚拉着他走进一家茶馆，服务员端上两杯热茶就离开了。

"今天专门来找你，是有消息要告诉你，我知道你想买房子，我朋友有一套福利房打算出售，户型和位置都不错，你要是有意向可以去看看。"李刚轻啜一口茶缓缓开口。

"是吗？"陈诚内心充满无奈和酸楚，要不是李刚跑路，他的生活就不会是现在这个样子。他本能地打算拒绝李刚的好意，却看到李刚拿出一个信封说："你去看看房子，这是房子的资料。你买房的钱我让朋友先少收八万，也算是偿还借你的钱。"

"首付少给八万？"这出乎陈诚的意料。要是首付少交八万,那梦寐以求的买房梦就可以变成现实了。

"我听说朋友要出售房子,第一时间就想到了你。"李刚笑着说。

李刚说得情真意切,陈诚觉得再拒绝就有点说不过去了,于是接过信封。

"我曾经误入歧途,一直特别内疚,现在做一些我力所能及的事,希望能弥补犯下的错。"李刚长长吐了一口气。

从办公楼出来,夕阳挂在铁塔上,晚霞染透了半边天,他的脚步不由得轻快起来。晚上回到宿舍,他大展厨艺,荤素搭配合理,色香味俱全,一桌子全是张怡佳喜欢吃的菜。张怡佳下班回来,看着一桌丰盛的晚餐说:"怎么做这么多菜?"

"有一个天大的好消息。"陈诚拿出桌子上的红酒倒进杯子里,故作神秘地笑着说。

张怡佳接过酒杯,看着陈诚一脸迷惑。

"我们终于可以买房了!"

张怡佳眼睛亮晶晶地看着陈诚,好奇的眼神压抑不住内心的喜悦:"什么意思呀?"

"你终于可以实现愿望了……"陈诚把和李刚会面的事一五一十地讲了一遍。

高脚杯撞出清脆的声响,他俩将半杯红酒一饮而尽。美好的生活终于垂青于他,柳暗花明,峰回路转。看着张怡佳由于兴奋而变得通红的脸颊,陈诚忽然有了一种久违的冲动。这几年的生活像过山车一样大起大落,现在终于可以平静下来了。

"怡佳,我们要个宝宝吧!"陈诚斜躺在床上,拨弄着张怡佳的短发。张怡佳重重地点头,欣喜的泪滴轻轻滑过耳际。

困意瞬间像潮水一般涌上来,陈诚紧紧地抱着怀里的张怡佳沉沉睡去。晚上他做了一个长长的梦,梦里他们的孩子出生了,他把孩子抱起来,在屋里转着圈,笑声响彻整个房间。

地火升腾

一

那天,我在展馆徘徊了很久,一些记忆猝不及防地生长出来,就像雨后顶破地面冒出的豌豆苗,迫不及待地蔓延成郁郁葱葱的一片。

我反复确认铁人纪念馆的每一个细节,那段艰苦的创业、无悔的奉献,那座干打垒的住房、积劳成疾的胃病,和爷爷漫长的岁月,如此相似。

爷爷无数次说起的那座干打垒的住房,和眼前复原景一样,蓬草的房顶,掉漆的木箱。记忆真的有温度,爷爷晚年回忆里呼啸的北风,夹杂着几十年潮湿的气味,真真切切地朝我迎面吹来,抚过我的眼底。

在爷爷珍藏的老照片中,有一张他最为珍惜的合照。照片里的五个人戴着棉军帽,站在中排的是爷爷的老班长。老班长对爷爷有恩,无论啥时候,爷爷看到这张颜色发黄的照片,都会情不自禁地"啧啧"两声，我那时候虽然小，也明白那声音和嘬一盅白酒一样，能勾起他的回忆。那时候，爷爷做梦也想不到，老班长退伍后不到一年时间，他也从部队转业，成了一名石油工人。而这样的人生转变只用了三天，他还没来得及脱去军装，就唱着《毛主席的战士最听党的话》，成为石油队伍的一员。

那又是一段激情岁月，会战红井子，饿了啃干粮，倦了睡地窝，爷爷喜欢和我谈过去，谈喝酒，谈王进喜。

爷爷住过长庆桥的帐篷，住过两年土窝子，住过三年零七个月干打垒，后来告别了四年筒子楼，搬进五十平方米的楼房。那时候的人物质匮乏，但精神很富裕。

爷爷卧室的抽屉里，有大大小小的奖章，看着有些陈旧笨拙。这些铜制纪念章，比我那时玩的陀螺大不了多少，凸起的部分却被磨得铮亮。

长庆开发三十个年头后，我才呱呱坠地。但在我出生之前，就已经浸泡在石油的氛围之中，石油是我们这代人闪闪发光的底色。

那么，你知道石油是什么样子？怎样从地下产出的吗？或许，在很多人的想象中，石油就像江海湖泊，只要找到了，架起抽油机就能抽上来。但真正的石油，是藏在细密的石头缝里的斑斑黑点。这样灰头土脸、油渍麻花的东西，不好看更不好吃，却是国家的能源血脉。

想要触摸石油的脉络,就要走近这份事业的见证者。这里的故事,就像岁月里流淌的一条石油河。

二

长庆地下的油气藏,属三低致密性油气田,油气储层孔隙最细的不及头发丝三十分之一,被业界称为"磨刀石"。

要打败"磨刀石",要有比石头更硬的骨头,有炼石为魂的气魄。

一生与这些石头打交道的张文正,就是这样有气魄的人。20世纪80年代,他从浙江大学毕业后,一脚踏入春寒料峭的北方大地,跨进了中国最难开发的超低渗油田,从事地质理论基础研究工作。

在当时中国的科学领域里,鄂尔多斯盆地是一块尚未开垦的处女地,没有成型的技术参考,没有适用的试验装置,一切都要白手起家。

他和科研团队,白天踩着黄土勘察地质,晚上住在向老乡借来的窑洞里,吃玉米楂子,吃高粱米饭。

为了便于钻研,他将实验室设在一个极其简陋的窑洞里,忍受着七八台炉子同时运转带来的五六十摄氏度的高温,在电压不稳、忽暗忽明的灯泡下,每隔两小时观察记录一次数据,他的想法只有一个,就是要让磨刀石"开口说话",告诉人们地下的成藏机理。

七百多个日夜后，试验成功，他们获取了国内"煤成气"第一套完整理论的基础数据，这成为发现靖边气田的重要理论依据。

随矿而生的张文正，在油气工艺研究院一干就是十七年。

从来到长庆第一天起，他就与"磨刀石中的磨刀石"——非常规油气藏较上了劲。

为了开采原油开发中的"新贵"页岩油，长庆研发形成一套"秘密武器"。水平井最长水平段达到五千零六十米，创造了亚洲纪录。更神奇的是，通过在钻头上安装信息传输设备，钻头可以在几千米的地层里爬上爬下，就像"贪吃蛇"一样，精准吃到每一块油气甜点。体积压裂像"剁面条"一样把地下储层剁碎，像修"村村通"一样，把路修到有油的地方，汲取地缝中的石油。二三十口大平台水平井，就如同在地下油层跑了一场马拉松，把地下四五公里范围内的油气资源开发出来，地上两个篮球场的面积，地下却放大了六十倍，颠覆了传统石油开采模式。

张文正和科研团队先后承担国家、集团重大科技攻关项目近二十项，攻克制约低渗透油气田勘探开发的"卡脖子"技术，打造了一批具有自主知识产权的"技术利器"，加快了国内非常规油气田开发的脚步。

单从可溶球座这一项油气行业核心科技来说，它是长庆自主研发技术，主要作业是用于水平井分段压裂的重要工具。它有个神奇的属性，在油管里十二个小时开始溶解，七天就可以消失得无影无踪，丝毫不会影响后期的采油，这在全世界是绝无仅有的。为了这个能溶解的宝贝疙瘩，科研团队重复了几百次筛选材料、设计、合成、加工、测试，光是图纸就画了不知道多少箱，实验废品堆满了实验室，搞了两年时间，才彻底实现了可溶技术，而且成本不到国外的三分之一，一下子就站在了国际油气行业的最前沿。

尖端技术，如同粮食，端进自己的碗里才会香甜。有了创新高精尖技术加持，长庆在技术上实现了从跟跑，到并跑，再到领跑的超越。端着自己的这碗饭，长庆人在"磨刀石"上闹革命，才更有底气。

正是有这样一批批科研人员，凭着把板凳坐穿的毅力，才破解了油气藏的一个又一个奥秘，从小小的化学分子中牵出大大的油气藏。

三

穿越半个多世纪历史云烟，石油大会战气吞山河的激情仍在燃烧。

20世纪70年代初，全国数万名石油大军"跑步上陇东"，会聚在陕甘两省交界的长庆桥的小镇，开启了石油开发。"长庆"这个名字由此而来,并蕴含着祖国石油工业悠长的喜庆。从此,大庆、长庆,一东一西遥相呼应,相继建成中国最重要的能源基地。

长庆北枕阴山,南抵秦岭,东起吕梁,西达贺兰,黄河奔流,长城横贯,数万口油气井分布在五个省区,工作区域线长点多、高度分散。在黄土千尺厚、塞上西北风的万千沟壑,毛乌素沙漠的猎猎西风中,长庆逐渐成长壮大。

如今,五十年过去了,当年参加油田大会战的张栋,脚上的茧又厚又硬,走起路来还会硌得生疼。那次的急行军,饥渴困乏不说了,最让他刻骨铭心的是满脚的水泡,挪一步疼得钻心。他用针挑破水泡后,找来一根马尾巴上的鬃毛穿入水泡里,防止同一位置再磨出水泡来。说起这双铁脚,已是七十多岁的张栋说:"太普遍了,这是老石油的军功章!"

会战的队伍到达后,举目四望,人烟稀少;川道上下,唯有一条环江,哗哗流淌。当时的人们自力更生,艰苦奋斗,"三块石头支口锅""三顶帐篷搭个窝",为此有人还乐观地编了顺口溜:"蓝天当被地当床,八棵树下扎营房;为了找到大油田,再苦再累也无妨。"

就在那样艰苦的岁月里,黄土塬上到处听得见机器的轰鸣声,到处听得到建设者的歌声。王文汉是长庆第一位以"铁人"命名的石油英模,1969年从玉门到长庆,与铁人王进喜一样,担任钻井队队长。那年5月,岭8井钻到一千多米时,柴油机突然出现了故障。在这紧急关头,为了防止发生卡钻事故,王文汉用推"磨盘"的方式,推钻机活动钻具,一连两天两夜没有离开过钻台。开会回来的指导员硬是把他从钻台上拉进了休息室,可是休息了不到一个小时,他又出现在了钻台上。

在211井起钻的重要时刻,井场一片繁忙。这时,上级送来了六车水泥,钻要继续起,车要马上卸,怎么办?为了不分散职工起钻的注意力,不影响钻井速度,正在跟班干活的王文汉,把棉衣一甩,让两位工人在车上抬,自己在车下扛。他背了一袋又一袋,扛了一趟又一趟,硬是咬牙一口气背完了水泥。他冲入急流抢设备,冰天雪地跳泥浆,恨不得一拳能砸出一口油井来,让原油咕咚咕咚往外冒。

四

当张文正埋头于实验室,用科技推进长庆发展进程时,在陕西信天游的故乡,一身红装的梁冬,正攀爬在一座陡峭的山梁上。

梁冬是好汉坡下王三计量接转站的第一任站长。采油工每天提着取样桶,扛着管钳,来回两趟,看护坡上的十六口油水井。日复一日,他们把"从上往下看,吓得魂魄落"的阎王坡,硬是走成了好汉坡。

那年冬天寒风肆虐，刚巡完井的同事回来汇报，在好汉坡坡顶的一部抽油机尾轴平衡块掉落，已无法正常工作。可由于雨雪交加，抢修的工具车无法出行，维修所需的材料无法运送至井场。

梁冬带领员工，扛起棕绳、撬杠等百十来斤重的土工具，沿着陡峭山路，往坡上爬。平衡块是个铁疙瘩，接近一吨重，平时都是用吊车往起拉。那天，他们咬着牙用撬杠和棕绳，把平衡块重新装进了抽油机尾轴里。

正是有无数个梁冬，凝结成好汉坡的精神特质，守护油田的发展，却白了壮志为油的少年头。

"献了石油献青春，献了青春献子孙"，一代代长庆人坚守岗位不松劲，攻坚啃硬不言苦。

家里三代都是石油人的崔哲，他八十多岁的爷爷崔文儒回忆："当年三块石头支口锅，熬些稀粥、啃点干馍就已经是美食了。"

崔哲的父亲崔立权回想1975年参加长庆大会战时的情景："那时候巡井，遇到风沙就成了泥人，鼻孔里全是土。"

听着石油故事长大的崔哲，大学报考的第一专业就是石油工程，毕业后又义无反顾地回到油田工作。

20世纪70年代从军营颠了两天一夜火车，来到长庆的陕继才，为了纪念陕甘宁石油大会战，给刚出生在干打垒里的女儿取名为——陕甘宁。

陕甘宁长大后，接过父亲的接力棒，穿上了红工衣，找准自己的方向，绽放着最美的青春。

杨义兴工作二十五年来，"夏天一身水，冬天一身冰，全年一身油"，刻苦钻研技术，练就了"望、闻、听、切"的修井本领。

他有能窥探地下三千米的"火眼金睛"，有为狭小机井"手术"的灵巧双手，他发明的修井工具，有三十多项获得了国家专利。

陈思杨从小在四川南充长大，性格温文尔雅。南充那里冬天都长着嫩绿的豌豆苗，刚来到毛乌素，简直就是到了另一个星球，除了沙蒿和石油人，连个活物都见不到。在这里，他见到了人生的第一场大雪。

从十月份开始，天然气进入用气高峰，保供成为采气人的一场大决战。他们站管辖的气井中，产量最高的每天可以产二十万方气，停井一小时，损失八千三百方天然气。不损失每一方天然气的承诺，考验着技术，更考验着意志。

夜里零下三十多摄氏度，含水的天然气很容易堵住管线，即便白天忙活了一整天，到了夜里，井堵了，照样从温暖的被窝里爬起来，放空解堵，浇热水除冰。站在寒风里浇两小时管线，溅出来的水滴能把人冻在原地，棉裤外能结一层厚厚的"冰铠甲"，几个干完活的大男人，围着暖气片，抡圆腿使劲踢，才能顺利"解甲"，脱下工衣。

陈思杨有严重的过敏性鼻炎，尤其对沙蒿特别敏感。巡线时，眼看着茂密的沙蒿丛，他就心生恐惧，但也只能硬着头皮往里冲，那滋味好像往鼻孔里灌辣椒粉，喷嚏打得让人喘不上气，鼻涕流得像关不住的水龙头，全身起了一片片的红疹子，仿佛无数只蚂蚁在身上啃咬，忍不住挠得渗出血来。嗓子干得冒烟，也不敢摘下口罩喝口水，生怕再闻到一丁点沙蒿味。一天下来，口罩在脸上硬生生勒出了一道道红印。

陈思杨所在的苏里格，是国内最大的天然气生产基地。如果你打开长庆的油气管网图，就会发现，西气东输、陕京管道等国家天然气主干线，像"八纵八横"的高铁网一样，联结起了陕北能源化工基地、甘肃陇东千万吨能源基地、内蒙古天然气加工输出基地。

早在1997年，长庆天然气穿越八百六十公里漫漫长路，向首都北京奔腾而去。这不是一次简单的供气，这标志着中国迎来了天然气时代。

2003年，长庆天然气经过一千四百八十五公里输气管道，翻越黄土塬、太行山，穿越黄河、长江，到达了上海。长庆"福气"同样惠及陕甘宁革命老区，化为千家万户灶台上跳动的蓝色火焰。

2008年，北京奥运会开幕式上，当李宁变身空中飞人点燃奥运主火炬时，亿万中国人欢欣鼓舞。那一刻，燃烧着的天然气让产自苏里格气田的长庆人热血沸腾。

这里输出的每一滴油、每一缕气，都诉说着长庆产业报国的赤子心。

五

刘玲玲当焊工时，承担了国家西气东输一线的部分焊接任务。四十摄氏度的高温下，光是站着不动，浑身就湿透了。

她趴在管沟里，不停地焊，一道焊口焊完，人就成了"兵马俑"，再一道焊口焊完，直接就成了"泥蛋蛋"。

在九十八天的紧张施工中，她雨里爬，泥里焊，白天黑夜连轴转。工程完工后，她怀着激动又愧疚的心情回到家，一把抱起两岁多的儿子，亲了又亲，看了又看，摸了又摸，可儿子却直愣愣地盯着她，然后哇的一声吓哭了。

孩子的哭声，把刘玲玲的心搅碎了。她把脸贴紧孩子的脸颊，噙着眼泪说不出话。

像这样两地分居、三代相望，是许许多多一线长庆人的常态。

一对石油夫妻，常年工作在一线，每月只有轮休的八天时间，才有机会回家陪伴孩子，于是他们达成约定，轮流休假照看孩子，他们把自己叫作"八天父母"。

黄土高原山大沟深，同一个作业区的夫妻俩也没办法天天见面，唯一的办法就是丈夫上山巡井时，给妻子打个电话，让她走出井站,夫妻俩远远地挥挥手,见一面,就像陕北信天游中唱的:"见个面面容易拉话话难。"就算下雨下雪,这份约定也从不间断,他们把这叫"挥手夫妻"。

春节期间,丈夫要留守岗位,为了一家人能团聚,妻子特意调整休假,让老人带着孩子先搭火车,再换汽车,千里迢迢赶到井站,一家人吃顿年夜饭,他们把这叫"反向回家"。

在长庆,这样的家庭不计其数,这样的故事比油井还多。

驻井工杨孝兴的父亲去世后,母亲患上脑动脉硬化,得了严重的失忆症。看着八十多岁的母亲出门就迷路,见着亲人都不认识,杨孝兴失眠了,心里像有把刀子狠狠地剜着。自古忠孝难两全,他该怎么选?

哐!哐!哐!杨孝兴连磕三个响头,终于下定决心,对着面前的母亲说:"娘,儿带着你一起看井吧!"

到了井上,他早上整理完井场,回房子给母亲梳头洗脸,做饭聊天,在孝子与职工之间不停地转换角色。

六

面朝黄土背朝天,滴汗入土苦作甜。春种秋收岁月紧,往事历历在眼前。这是早些年油区老乡的真实写照。

在甘肃环县,五十多岁的刘翠连,她的儿子重度残疾,一家人四十多年住在两口破窑洞里。驻村第一书记了解到她家的困难，立即和村委会成员商量，申请危房重建，建起了一百余平方米的崭新砖瓦房。

她所在的双庙村属于甘肃省深度贫困村，和她一样建档立卡的贫困户，全村共有两百多户。通过定点帮扶，双庙村以羊入股、代养分红，致富路越走越宽阔。

中央实施精准脱贫以来，油田驻村书记吃住在村、工作到户，带领群众脱贫致富。搭建农副产品电商平台，亲自走进直播间，为家家户户最常见的鸡蛋、小米、核桃、荞麦等特色农产品宣传，提升了农副产品的产销量。油田定点帮扶的九个贫困村，提前一年摘掉了"穷帽子"。

陕北有一所简陋的小学，叫马家崾岘小学。离它不远处的一座山峁上，坐落着一座石油小站，叫南一增。2002年一次偶然的机会，女工夏文娟和李冬梅第一次走进这所小学，目睹了学生们简陋的学习环境后，开始了义务支教的生涯。她们为学生们开设舞蹈、英语、体育、美术、音乐等课程。

夏文娟记得给孩子们上的第一堂课是音乐课，开始孩子们还很羞怯，渐渐地浓重的西北口音越唱音调越高，后来有个男孩子把声音都唱劈了，还兴奋地让她再教一遍。十几年的时间里，女工换了一茬又一茬，更名为"世纪希望小学"里的孩子们也被送走了一批又一批。女工老师让孩子们感受到大山以外的精彩世界，孩子们也与石油女工结下了深厚的情谊，他们会给老师包里偷偷塞两个土鸡蛋，也会在过年时拉老师去家里吃上一顿年夜饭。

有着光荣革命传统的老区人民，当年像迎接红军那样迎接石油开采大军，像对待亲人那样对待油田职工。长庆也把老区人民对美好生活的向往作为追求目标，让老区人民脱贫摘帽更有奔头，让老区人民生活更有甜头，让老区经济社会发展更有劲头。

5月的毛乌素，天高云淡，草木返青。三五成群的蓑羽鹤，迈着轻盈的步子，在苏里格气田的草甸区散步觅食。

这种鸟是国家二级保护动物。每年春夏之交，它们会飞过喜马拉雅山脉到毛乌素繁衍后代。但随着沙漠化日益加剧，它们的身影渐渐难觅。

给鸟儿一个家。长庆苏南分公司采取渗水砖和草方格生产作业模式，助力毛乌素沙漠恢复植被，保护鸟类栖息地。

昔日的漫漫黄沙，披上了绿色的锦缎。草长莺飞时节，两百多只美丽的精灵迁徙于此，与蓝莹莹的天、黄莹莹的气管线，构成了一幅天然油画。

蓑羽鹤的往复迁徙，见证着长庆建造一座井站、营造一片绿洲的承诺。王窑水库里荡漾的碧波，同样见证着长庆对绿色发展理念的践行。

王窑水库是延安市五十万居民生活用水的"母亲水库"。长庆关闭王窑水库保护区内油井进行改线搬迁，并投入近亿元资金，修建"六闸六坝"工程，让老区人民喝上放心水。

油田老职工哈国庭，退休后留在上了几十年班的城壕乡，一个人，一把铁锹，一把镐，和八步沙六老汉一样，以愚公移山的精神种下百万棵树，让荒山变绿林。

放眼鄂尔多斯盆地，一台台红色艳丽的抽油机，一处处白星点点的井场，一个个大小各异的储油罐，与蓝天白云、绿树红花交相辉映。

七

有一年陕北突发暴雨，山洪横流，冲垮了一条水坝，埋在其中的天然气高压管线严重变形，情况紧急。险情就是命令，职工张建忠、甄延军迅速动身，过河关闭管线闸门。雨后的河水浑浊不堪，枯叶树枝翻滚其中，看一眼都害怕。两人手挽着手刚准备下河，被放羊老汉拦住了："后生，你们干什么？不要命了？"

张建忠从身上摸出一张二十元的钞票，写下一串电话号码递给老汉说："如果我们回不来，赶紧打电话，让他们派人来！"说完扭头冲进齐腰的洪水里。

看着两个红色的身影在泥水中时隐时现，放羊老汉实在想不明白，是什么天大的事能让这两个后生不要命地往前冲。

采油女工罗玉娥在值夜班时，发现三个不法分子盗窃站内的输油管线，在追赶盗贼的过程中，又发现一伙偷油贼在偷油。

她临危不惧，愤然上前制止。偷油贼见她只是个身单力薄的弱女子，就对她挥舞着拳头疯狂殴打，罗玉娥渐渐地停止了呼吸。

那一夜，山河鸣咽，油井哭泣，一个采油女工为了挽救国家财产，被杀害在她无比眷恋的岗位上。那一夜，一个三岁小女孩失去了她最爱的妈妈。那一夜，一个年迈的母亲失去了她最爱的女儿。

油田驾驶员吕志忠开的汽车，在洪水淹没的桥上熄火了。浊浪灌进车里，他翻上车槽保险架，迅速解开盘在上面的棕绳，把绳头甩给高地上的老乡，想把汽车拴在大树上，保住车上的油管。

可洪水以山崩地裂之势，把汽车连同他一起卷入河中。他本可以生还，却选择了与车同在。

井区长苏建宁面对强行启动车辆准备逃离的偷油车，双手抵住罐车以命相搏。在正义与邪恶的对峙中，他始终没有退却，直到车轮从他身上轧了过去。

"怀壮志舍身护油洒热血，捍正义视死如归鉴忠诚"，这是写在上班仅九十天、为了保卫国家原油而牺牲的代超墓前的碑文。

一个名字，一座丰碑。为什么我的眼里常含泪水？因为我爱这片土地爱得深沉！

磨刀石刚硬，衬托出长庆人铁骨铮铮。油印斑驳的磨刀石，镌刻着长庆人拼搏进取的精神。

　　磨刀石这个对手被长庆攻克，又变成了人们的精神图腾。

　　大江流日夜，慷慨歌未央。长庆诗人深情写道："我们愿意脚踏鄂尔多斯，点亮大海星辰。"这是诗人心中的未来，也是每个长庆人梦中的未来。

我们的爱情

一

7月,盛夏。银杏还是青翠的绿色,但校园里的离别之痛已经渐渐弥漫开去。大学生活就像一阵带着清香的微风从身上轻轻掠过。

每天早上醒来,都会发现有人已经离开,宿舍逐渐安静下来,安小阳环视宿舍几张干净的床板,心里变得空荡荡的。大四这一年,宿舍里的他和老张、李明浩三个人共同决定放弃考研,直接走向社会工作,当时的想法是外面的世界很精彩,只要从这个校园里走出去,就可以大有作为。只有丁栋义无反顾地扎进图书馆,废寝忘食地为考研做着准备。

开始找工作时,安小阳望着自己的个人简历叹气。跟别人相比,他的实践经历实在少得可怜,或许因为把太多时间给了爱情。他凭借勉强说得过去的专业成绩,通过层层面试后,在女友冯薇薇湖南老家的一家文化传媒公司谋到了一份差事。

安小阳将找到工作的消息告诉父亲，没想到父亲却说："回油田！"

他斩钉截铁地回答："不回！"

父亲声嘶力竭地吼："还由了你不成，必须回油田！"

安小阳心知肚明，他学的并非石油专业，回到油田，他就要到山里去，就要穿工装，四年大学等于白念了！这是他一百个不情愿的，还有最让他不情愿的一个因素是和他相处四年的女朋友冯薇薇。

不可否认，大学是滋生爱情的温床，爱情像苔藓一样从学校这棵古木的各个缝隙中迸发出来。图书馆、食堂、球场、小花园都是爱情的发源地。

大一时，他们宿舍的人全买了电脑，于是上网聊天便成了课余生活的主要内容。他的爱情就是在网上聊天时发芽的。有一天，一个网名叫作"薇"的女孩添加安小阳聊天。此后的一个多月，他和薇在网上不紧不慢地聊着，虽然每晚都准时上网聊天，可是每次都装成是巧遇的样子。直到那年过二十一岁的生日，他邀请女孩一起参加。没想到她竟然答应了。

周六那天，他们宿舍每个人都打扮得貌似相亲的模样，早早地等在自助火锅店门口。等了半个小时，就远远看到有两个女孩走过来，其中一个戴眼镜的女孩说："你就是安吧？"

"我就是！你就是薇吧？"眼前的女孩，身材略胖，而且戴着眼镜,说话时的神情仿佛是老师对学生一般,一看就是个学理科的女生。

她笑了一下说:"你妹妹在这啦!"

他这才仔细打量起另一个女孩,发现她面容清秀,脸上略带羞涩,正笑盈盈地看着自己。便走过去说:"幸会,我叫安小阳,这是我的室友老张、丁栋,还有李明浩。"

女孩向他们一一点头致意,接着用悦耳动听的声音自我介绍:"我叫薇薇,这是我室友李倩。"

进了火锅店,六个人围着圆桌落座,一时气氛尴尬。丁栋比较有幽默细胞,擅长活跃气氛,他充分发挥他的幽默技巧,讲了一个校园里的笑话:"有一天,寝室里有两兄弟心血来潮换床铺睡,原来睡上铺的睡下铺,原来睡下铺的睡上铺。第二天一早,睡在上铺的兄弟鼻青脸肿地哀号:'妈呀,昨晚半夜起来去厕所,忘了自己睡上铺,一脚迈出去,没把我摔死。'睡在下铺的兄弟更委屈:'昨晚想去厕所,摸了几次没摸到梯子,我就憋着没去。'"李倩听完没忍住,一口茶水喷到桌上。

李倩也不甘示弱讲了个笑话:"一只饿狼觅食到一个农户家,听屋内女人在训孩子:'再哭把你扔出去喂狼!'孩子哭了一夜,狼痴痴等到天亮,含泪长叹:'骗子!都是骗子!'"

一时气氛活跃,他们敲着碗让寿星讲一个压轴笑话,从进门一直盯着冯薇薇着迷的安小阳一时语塞,好在他随机应变能力强,讲了一个关于"委婉"的笑话:"教授在课上,告诉同学们如何提醒别人一些尴尬的事情。比如说如果看见女孩子屁股上有草屑,你们应该委婉地说:'姑娘你的肩上有草屑。'女孩子往肩部看,然后向下——看见了。这时,一个女学生举手站了起来,说:'教授你领带的拉链开了!'"

冯薇薇第一个领会,忽然抿着嘴笑了,绯红的脸颊上露出俏皮的小酒窝。李明浩打趣说安小阳套路太深,出口就是段子,教授的裤子拉链开了非得说领带的拉链开了。大家顿时笑作一团。

在自助调火锅小料时,丁栋和李倩已经聊得火热,两个人一边聊一边笑个不停。调好火锅小料往回走时,李倩一不小心将小料洒在了丁栋的外衣袖子上,她赶紧让丁栋脱掉外衣,用纸巾帮他擦拭衣服。

吃完饭,丁栋提议到北门的练歌房唱歌,两个女生以宿舍关门为由说:"实在不好意思,下次咱们再聚时我们请客去唱歌。"走到学校时已经很晚了,将她俩送到女生宿舍楼下时,李倩执意要丁栋把上衣交给她拿回去洗,丁栋顺从地照办了。

分别时,冯薇薇挽着李倩的胳膊轻轻说:"安小阳,生日快乐!今天晚上我很开心!"

接下来的时光,日子过得依旧平淡。只是在学校的主路上碰见过冯薇薇,安小阳每次都是打个招呼便匆匆走过,但是每次打过招呼,他变得莫名其妙拘谨起来。而丁栋和李倩则在那次聚会之后打得火热，两个人以那件衣服为契机，关系进展迅速。在那次见面后的一个星期，老张说已经看见他俩牵手漫步校园了。

大一那年下半学期，安小阳和丁栋报名参加学校的社会实践团，实践内容是去偏远山区支教。安小阳所在的小分队由三男三女组成，被派往青海湖旁边的一所村办小学上课。在开往青海的车上，安小阳看到冯薇薇也戴着他们实践团的帽子坐在一个女生旁边。

"你也参加实践团了吗？"安小阳问。

"我们系有个女同学家里有急事，所以临时让我代替她参加了实践团，没想到你也去！"冯薇薇说。

"那真是三生有幸啊！"安小阳努力掩饰着激动的心情。

他们被派往金塬乡塔加村德扎小学。到青海的一个小县城，他们并没有过多停留，立刻上了一辆面包车前往支教的村子。一路上颠簸，车子稀里哗啦地响个不停，路上冯薇薇说真怕它没到目的地就颠散架子了。同去的还有两个女生被颠得狂吐不止。

一路颠簸到了学校，六个人背着背包走下车，看见简陋的学校院子里面，站着由两个中年人和十几个孩子组成的两个纵队，其中一个面容和蔼的中年人走过来和他们一一握手，用比较生硬的普通话进行自我介绍，说他是这个村子里的教师卓玛，另一个年纪稍大的是他们的村主任。

第二天孩子们前来上课，六个人全都愣住了，早上学校举行升旗仪式，由两个学生负责升旗，剩余的孩子站成两排，在老师用笛子吹奏的国歌声中，目送国旗缓缓升上旗杆顶端。升旗仪式结束后他们便开始给孩子们上课，上课时卓玛老师默默地坐在学生们的后面，一笔一笔详细记录他们讲课的内容。

距离学校一公里处有一条河，学生和老师每天吃的水就是从那条河里背来的。他们发现卓玛老师每天早早起床背水的事情后，他们不再让卓玛老师背水，而改由他们三个男生轮流背水供应日常饮食。

轮到安小阳去背水，他早早起来，背上竹篓出了校门，看到冯薇薇在前面的路上跳绳，便和冯薇薇边走边聊。来到了小河边，冯薇薇看到河上有一座独木桥，便上去摇摇摆摆地走起来。安小阳刚把水桶放在河里，就听见扑通一声，抬头看见冯薇薇已经掉进河里，上游河道窄，水流急，冯薇薇几次想站都没能站起来，在水里翻滚。安小阳赶紧从独木桥上跳下河去，游到冯薇薇身边，一把抱住冯薇薇。好在河不是很深，只到两个人的胸口。冯薇薇惊魂未定，紧紧地抱着安小阳哭得撕心裂肺。清晨的河水有些冷，两个人就这样颤抖着在河里拥抱了许久。从那以后，每当安小阳去背水时，冯薇薇早早等在路边，一路说说笑笑，开始一天的美好时光。

安小阳坐在河边的独木桥上，安静地看着冯薇薇挑选光滑如鹅蛋的石头，享受金塬乡的第一缕晨光，早晨的光湿漉漉地裹着些许温暖，像极了女孩的初吻，轻轻地贴在他的脸上。冯薇薇挑选了一块红色的心形石头，一刀一刀刻出"执子之手，与子偕老"八个字，塞进安小阳的口袋里。

安小阳说，他后来有无数次梦见过这个场景，冯薇薇轻卷裤脚，手里抱着四五颗心仪的石头，回眸对着他微笑，一缕打湿的头发粘在脸上，那时，山顶的晨光正好直射到她眼睛上。那一刻清清凉凉的小溪波光粼粼，像一块天然的反光板照亮了逆光里冯薇薇俊俏的身姿。他发现有一颗久旱逢甘露的爱情种子，被眼前的这条山泉浇灌，开始苏醒，发芽，即将破土而出。

安小阳回忆支教时，还要提到这句话："那晚月色美！"那个夜晚，月色如银。院子里浓郁的丁香一簇一簇，一串一串的紫色小花蕊，如同少女闺房悬挂的风铃在轻风中摇曳。卓玛老师和他们六个支教的学生在院子里聊天，兴致正浓，拿起葫芦丝吹奏了一曲《月光下的凤尾竹》，曲调悠扬，仿佛能穿越时空，他们在曲径通幽、郁郁葱葱的凤尾竹林里漫步前行。安小阳如痴如醉地看着当空的月色，说这曲子让他想起了甘肃定西的老家，他还发现更加惹人心怜的，就是冯薇薇满脸痴迷地望着他的眼神。

一个月的支教生活很快就结束了。安小阳对那个山清水秀的地方恋恋不舍，在旗杆的中央刻下他的名字。回到学校后，安小阳和冯薇薇的恋情浮出水面。从此安小阳跟所有女生的男朋友一样，每天帮冯薇薇打开水，晚上送冯薇薇回宿舍，和冯薇薇在校园里出双入对。后来冯薇薇对于轻率地答应做安小阳的女朋友心有不甘，逼着他补交一篇情书以满足她的虚荣心。四年的相伴，从热恋到平静，他们适应了拥有彼此的日子，习惯了相互陪伴的岁月。在快毕业的那几天，冯薇薇的父母打电话说，在家里给她找了份工作，在一家移动公司。那几天，他和冯薇薇在又悲又喜的矛盾中度过。

安小阳是在西安北边的大油田长大的，当年选择早早上班的同学，遍布油田的各行各业，他们有着和父亲一样黝黑的皮肤，他们反馈给他的信息是，采油一线就是偏僻、荒凉、单调、寂寞、无聊的代名词。他不想把美好的青春交付给大山，他不想重复家里两代人走过的路。但是父亲还是给他报了油田的招工协议。

毕业前一个月，爷爷、母亲、七大姑八大姨，都被父亲发动起来，展开了对安小阳的劝阻车轮战。父亲是复退军人，在大油矿保卫部当副科长，脾气倔强。母亲是一线工人，退休后在家读书写文章，经常在报纸网站上发表，权当退休后的消遣。

爷爷说："啥工作有比油田上的好？"

父亲说："啥工作有比油田的工作稳定？"

母亲说："咱们家几代人的关系网都在这个油田的圈子里面！"

姑姑说:"你来了我们多多少少照看着你!"

安小阳据理力争的只有一句:"为啥我不能留下来?"

僵持了一个月,精疲力竭的安小阳终于让步了,他说:"去就去,我就不相信去采油还能死人!"

父亲喜出望外,嘿嘿嘿笑出了声。

告诉冯薇薇这个消息,她伏在安小阳的肩头哭得像个孩子。

"真想时间就停止在现在,我们一直躺在这学校的操场上。看,你看这星星多美,不知道你去的那个地方会不会有这样的夜,我们会不会变成这天上的牛郎星和织女星啊。"

"这四年是我最开心的日子,能和你到青海的学校背水,看夕阳,等落日。我们一起在古城墙上骑单车,累了就坐在城墙上说笑话,去回民街挑点你喜欢的小东西。"

安小阳把冯薇薇搂得更紧了,生怕一松手就不见了。他们一遍又一遍重温着四年来经历的点点滴滴。

他俩有了一个约定:"奋斗三年就结婚!"

冯薇薇走的那天,安小阳把她送到火车站,强忍着心中的刺痛,和她抓紧这最后的时间话别。

火车开动了,安小阳一路追着火车,直到看不见踪影,他的心中莫名地失落,仿佛被什么掏空了,一时间脑袋一片空白,看着渐渐走向天边的那一个点,终于忍不住蹲到地上放声大哭起来。

二

窄窄的一条山路像一根绳子在巨大的山上绕着，一路绕得人头昏脑涨、不辨东西。车子惊起了一只在路边草丛中找食的灰色鸽子，鸽子奋力振翅，越飞越远，越飞越小，最后在瓦蓝瓦蓝的背景里变成一个黑点。而瓦蓝瓦蓝的天空下，一道一道山梁横亘裸露着，像一匹匹黄褐色巨大的野兽。车上的安小阳一路默默不言，只是用一双好奇的眼睛透过车窗，打量着陕北陌生而充满神秘感的黄土塬。

安小阳从西安一路长途跋涉进入陕北地界，一路越来越荒凉的风景让他心里沉沉的，小心脏也随着皮卡车的颠簸开始忐忑起来。黄土地带的油田，就隐藏在这片黝黑的阴影中，像一棵戈壁滩上的红柳在苍茫大地中隐约浮现。一路上的路牌越走越生僻，铁角城是一个小镇子，刘峁塬是一个小村庄，王家坪是只有几户人家的山弯弯，王盘山是坐落在路边的新农村，张老湾是一个贸易交易点，司机一路熟练地开车，一路口若悬河地介绍，唾沫星子堆满嘴角。他拿出半包香烟，给一脸严肃的安小阳塞了一根，自己点上一根狠狠吸了一口，然后吐出一个很规整的烟圈。当那盒皱巴巴的香烟抽完，一把扔出车窗外时，司机指着车前一个路牌说："到站了！"那个路牌斜挂在一根电线杆上，蓝色的喷漆剥落了三四块，安小阳斜着身子才看清，那上面写着一个地名，两个后来一直刻在他记忆里的字：高塬。

初到高塬镇，到处是井架，到处是旷野，似乎与眼前的世界有点格格不入。街道被车辗得变了形，风呼呼地拍打着土房子，昏黄的沙土漫天飞舞。看惯了繁华都市，乍一变换环境，一时让人扭转不过来。小镇富有地域特色，圆形的桌子、红色的塑料凳，挨挨挤挤地占据了好长一段人行道。

在这里每天的感受，安小阳都和冯薇薇通过短信汇报：

"我在这里很好，我们现在在岗前培训。"

"食堂的饭菜很好，你放心，我都胖了，你好吗？"

"来这里工作的大学生很多，现在培训，在这个地方，男多女少，周围的兄弟们都瞄准了哪个女生能追，可是我心里只想着你。"

"我好想你，等我休假了就去看你。"

…………

从清晨到黄昏，安小阳从来没有觉得时间过得这么漫长，从前和冯薇薇在一起时，总是觉得时间匆匆，可现在是度日如年。镇上的烧烤与炒菜的香味到处弥漫，待几个醉意朦胧、词不达意的食客离席，夜市才开始打烊。缥缈的一弯新月渐渐地凸显出来，劳累一天的人们开始从小镇的街上隐退去，他站在这大山之巅的夜色里，感觉到了命运的不可抗拒。俯瞰着群山大地、灯火阑珊的油区，曾经七彩的青春梦，被石油笼罩在了其中。

一个月集中实习后,生产经理说:"只有品尝了单井生活的寂寞并顶住了偷油贼的骚扰,才能增强工作责任心,才能做一名合格的石油工人!"

安小阳被分到了新44井组看单井。虽然早早就预想过单井生活的艰辛,但新44井的艰苦程度还是超出了他的想象。那段时光,被记忆储存成黑白的内存,每次放出来都像是无声电影。

新44井管理两口油井、一口水井。他住的铁皮房,是他见过的最简陋的房子。房内陈设着一张床、一张桌子、一个老式带烟囱的煤炉。被岁月风蚀得千疮百孔的铁皮房内,永远和大自然的喜怒哀乐同步。外面刮大风,里面就"雾霾"笼罩;外面下大雨,里面就下起"如诗如幻"的小雨。

当时,被安小阳视作珍宝的是第一次上井时母亲硬塞在包里的满满一盒肉臊子。煮面时,少放一点肉臊子,然后随便放点菜叶,就是美味佳肴。而肉臊子一吃完,就只有吃土豆白菜加挂面的份儿了。

单井生活孤独乏味,寂寞无趣的安小阳就越发怀念那些已经成为过去的日子,大学的点点滴滴现在回头看是多么美好。他闲了没事,就喜欢跟大学室友丁栋煲电话粥,把一肚子的苦水都向丁栋倒了出去,心里才舒服一些。

傍晚出来坐在井场边上,安小阳看着落日映照下的天空,还有远处红彤彤的云霞去思念心中的人儿：我好想你，你现在干吗呢，如果能和你一起欣赏这落日霞光就好了。

去大班工作几乎是每名单井员工的梦想，所以各单井的看井工都暗自较劲。安小阳为了脱颖而出，除了每天细致地打扫卫生外，他还像泥瓦工那样在井口拉根线找基准，然后用土夯实，再用泥抹得平平的、光光的，让井场看起来特别平整。

有一次厂里的检查组到他看的单井上检查，检查组的一个戴眼镜的领导和一个拿相机的通讯员找他收集素材，说他是新分来的大学生，对石油一线有很多切身感受，能挖掘一下闪光点。

检查组快上车时，那个"眼镜"对着安小阳说了几句话："我看你是个好苗苗，要多看多写，尤其是新闻报道，日常工作生活中多留心，要记在心里，写在纸上，厂里现在缺笔杆子，你要把握机会，有希望到重要岗位上干一番事业。"上车时，拿相机的通讯员说刚才的领导是厂办的李秘书。

晚上他给冯薇薇打了电话，听筒里的声音嘶哑。安小阳问她怎么了，她只说感冒了。听了安小阳一天的经历，她好像思考了很久，才说："不能让专业荒废了，好好施展你的才华，好好锻炼几年，你懂的会更全面，发展也会更好。"跟女友腻歪了十几分钟，在她说要睡觉时，才依依不舍挂了电话。

又过了三个月黑白记忆的日子，安小阳如愿以偿地被调整到井区部大班工作。

三

来到井区部后,安小阳的生活比以前在单井上丰富了不少,但是和西安的生活相比,还是天差地别。为了打发下班后的时光,安小阳和李强时常组织"挖坑总动员"这种活动,还美其名曰丰富青工业余生活。

安小阳刚刚到井区部不久,调度通知147井组憋罐,副井区长李强带着安小阳和两名焊工,连夜上147井保拉油。两天一夜时间,他们四个人加装了三具事故罐,确保油井恢复正常生产,原油拉运也恢复正常。喜悦的心情还没平复,就遇上了一场暴雪,他们与看井的一名员工被困在井场。安小阳高烧感冒,李强把自己的绿色棉袄脱下来,给他穿上保暖。被困的第二天就没了食物,水也很快喝完了,井上只有一张床,一只一千五百瓦的电炉子。几个大老爷们全身油污,蜷缩在地上睡觉,作业区救援队伍到达现场时,他们已经筋疲力尽。李强的那件棉袄,被安小阳一直保存着,这也让安小阳和李强成了患难兄弟。

三个人席地而坐,安小阳、李强还有一个凑局的同事一边打牌一边聊天,热火朝天。

"45678,顺子。小阳,你到底跟你女朋友怎么样了?"李强快人快语发问道。

"56789，压死。我们家薇薇在湖南，在移动公司担任一个小经理。"安小阳说。

"要不起。这工作还可以呀！"凑局的同事说。

"10JQKA，压死。778899，连对。湖南也是个好地方，但好地方人才太多，诱惑也多！"李强瞥了一眼安小阳。

"要不起。其实她一个人在湖南打拼挺不容易的，她一直说让我离开油田，让我和她一块到湖南发展！"安小阳回了一句。

"QQKKAA，压死，一对3。异地恋哪，难！"凑局的同事摇着头。

"一对2。可怜的人！"李强说。

"守得云开见月明！李强你找女朋友的事情要抓紧哪！"安小阳点了根烟说。

"要不在油田再找一个呗！"凑局的同事也从安小阳的烟盒里抽出一根烟。

"一对3，我赢了。不要竹篮打水一场空，回头找我喝闷酒。"李强拿手挥了挥笼罩在脸庞的烟气。

第二年8月，井区部分派来了四个实习大学生。为了让新分派来的大学生早点进入岗位，适应新角色，井区长孟庆在食堂为他们准备了丰盛的晚餐，之后还举行了一个小型联欢会。联欢会开始，孟庆眼见气氛沉闷，就站起来讲了个笑话。井区长五十多岁，头发也极其稀疏，脑门锃亮，一些被染得乌黑的头发,像没有边界意识的藤蔓一般,爬过清亮的头顶,与另一侧勾连。他的庆阳方言腔加上扭捏的语调逗得食堂里的人哄堂大笑,大学生们也都笑起来。井区长孟庆等笑声平静下来,指着一个叫曹萌的女孩子故意板着脸道:"笑就对了,都是一群长得水灵灵的娃,下面你们一人也表演一个节目展示一下!"

大伙的目光全聚焦在这个叫曹萌的女孩脸上。女孩长得极标致,被大家一看,她脸一下红透了,小脸如同红苹果一样。井区长故意问:"是不是还要个帅哥和你搭档啊?"

她站起来使劲摇着手没说话。

旁边有人起哄道:"井区长你不行啊,这节目接不下去了你就不能算过关!就得受罚,再讲一个段子。"

井区长一本正经地冲那女孩说:"哎呀,小同志,你要是再不表演我可要挨罚了!"说完还故意装出一副可怜样。

那女孩接过井区长孟庆手里的话筒:"谁唱一首歌,我来伴舞。"

一口脆生生的普通话。全体人先是一惊,然后起哄鼓掌。女孩异常镇定,又抬起头环视了一周,在逐渐平息的笑声里,最前面桌子上的一个黑黑的汉子走到点歌机前,熟练地点了一首刘德华的《天意》,音乐响起前,有人起哄:"李强,点一首《对面的女孩看过来》唱一下!"

站在人群中间的李强笑了一下,露出白白的两排牙。李强身高一米八,黑黑的皮肤加上健壮的身体很有施瓦辛格的风范。他十七岁从石油学校毕业,早早地加入了石油大军的行业。

音乐响起,李强浑厚的男中音引来掌声一片,女孩先是一怔,她很明显是没想到有人点这么一首老歌,随即在大家灼灼的目光里,踩着音乐声双手高举,身体前倾,左脚向后舒展开始翩翩起舞。

"如果说,一切都是天意,一切都是命运,终究已注定。是否能再多爱一天,能再多看一眼,伤会少一点。如果说,一切都是天意,一切都是命运,谁也逃不离,无情无爱此生又何必……"

身上的红工服也掩饰不了曹萌的苗条身材,她在人群中央跳跃回旋,舞蹈高潮即将到来时,单膝点地,身体四十五度后仰做出了一个激昂的舞姿,人群中不时有掌声传来。在音乐结束时,曹萌做了个标准的芭蕾收式,巧妙地落座在自己的凳子上。

李强和曹萌的表演,将晚会的气氛推向了高潮。那天晚上,曹萌一下子成了名人。不出所料,曹萌成为那批大学生中第一个谈恋爱的。但没有料到的是,恋爱的对象竟然是李强。

四

12月的一天,李强跑到安小阳宿舍,说下周是曹萌的生日,他想给曹萌办一个浪漫的生日Party,这也是曹萌来油田的第一个生日,他不想让她在忧伤中度过。安小阳看着恋爱中晕头转向的李强,便帮他策划了简单的生日聚会。

那天,安小阳在镇上订了个包间,把带来的蜡烛摆成一个心形,点燃蜡烛,把生日蛋糕放在"心"的中央,将生日蜡烛小心翼翼地插到蛋糕上。一切安排就绪,恭候曹萌的到来。

李强正念着安小阳给他写的台词,门忽然开了,被蒙在鼓里的曹萌看到心形的蜡烛和蛋糕,脸上充满了惊诧,眼睛睁得大大的,站在门口一动不动。

"萌萌,今天是你在油田的第一个生日,祝你生日快乐!"李强走过去,拉起曹萌的手说。

曹萌没有说话,眼里现出深深的感动,两行泪已在脸上缓缓流淌……

点燃蛋糕上的生日蜡烛,曹萌双手合十,双眼微闭,许了一个心愿。随后两个人一口气把蜡烛吹灭了。

"这里还有一个礼物送给你。"李强从怀里拿出一个精致的茶杯给她。

"茶杯?李强,你可真够抠门哪。"曹萌开玩笑地说。

"礼轻情意重嘛!不过,萌萌你太不仔细了,你看看杯子上的字。"

曹萌这才注意到茶杯外壁上镀了一首小诗,便轻轻咏了一遍:"假如爱有天意/我们注定会相遇/纵然茫茫人海/分离还会相聚/假如爱有天意/一颦一笑是那么自然/你的深情我永远无法忘记/无数开怀的笑颜流淌在心底/假如爱有天意/无论世态如何变迁/你是我心中永恒的唯一/我仍然深深地爱着你。"

"你写的?"曹萌问。

"那你说呢?有哪个傻小子会这么无聊呢?"李强看着包间的一个角落里笑着。

"唔——想不到你还有这样的文采!"曹萌看着李强一脸陶醉。

"遇上你就是我的天意。"李强深情地抱起曹萌。

看着这幸福的一对人儿,安小阳忽然伤感起来,他和冯薇薇一直周旋在分手与不分手之间,两个人似乎是辩论赛的双方,各持已见,又不分上下。他一有空就给冯薇薇发信息:"最近你很反常,到底怎么了?"

五分钟过后,冯薇薇的信息到了:"这么长时间没说,是怕影响你的情绪。现在工作稳定了,见你每次兴奋地说工作的事情,我看得出来你很喜欢现在的工作。最近有亲戚要给我介绍男朋友,父母也在劝我,叫我面对现实。我不可能辞了现在的工作去你那里,你也不会为我丢掉现在的工作吧!"

"你忘了咱们的三年之约吗?"安小阳快速回复了一条短信。

"我……现在很矛盾!"冯薇薇回复。

无休止的对话仿佛一副重担,压在他俩的肩上,争论得越多,心情就越压抑。

五

八月天的太阳毒辣辣地烤着大地，空气像凝滞了一般，没有一丝风，连路边的树木都无精打采地打着瞌睡。安小阳和另一个大班的班员在山上巡线，他脖子上的汗珠子已经流成一行一行，打湿了一大片衬衫。

"确定你就是我的唯一，独自对着电话说我爱你，我真的爱你……"安小阳的手机突然响起，一听是专门为冯薇薇的来电设置的铃音，安小阳按下接听键说："我想你了。"

"阳阳，我下午五点到你上班的地方，今天是你的生日！"电话里说。

"啊？你来也不提前说一声，我好接你！"

"我下午五点多到。这会儿在县城的车站里。"

"真的吗？我接你！"他压抑不住地提高了声音。

安小阳赶紧给李强打电话预订了一桌晚饭。回到井区部，李强已经等在了院子门口。井区部的院子说大不大，说小不小，方方正正的院子里面三排平房一栋办公楼。安小阳来到院子里时，连门岗的老大爷都对他笑得很神秘，他想，女友要来的消息在这个院子里肯定已经被传得人尽皆知了。

看到下车的冯薇薇，安小阳怔住了。她穿了一双皮靴，紧身裤上是一件小夹克，这身打扮在这座山上挺少见，而她一头栗色长发，更是这山上的稀罕物。一直到她站在他面前，安小阳还没回过神来，他的脸烫得发红。

看到安小阳的模样，李强赶紧笑着接过冯薇薇手里的蛋糕，顺势用肘顶了一下六神出窍的安小阳。

拉着冯薇薇的手，安小阳一直到包间，再也没有松开过。李强订的吃饭的地方依旧是"傻儿鱼"，一个在陕北到处都能找见分店的大型连锁餐厅。吃饭的人都已经到齐，九个人刚刚坐满一桌子。

桌子上已经摆好了几个凉菜，李强咬开酒瓶盖，往杯子里斟着，伸手要拿冯薇薇面前的杯子，安小阳赶紧伸手捂住，说："她不喝酒。"

李强的手停在半空里："还真怜香惜玉呀！"

井区长也笑眯眯地说："行了小阳，不会让你女朋友多喝，意思一下。"

安小阳连连摆手："她真不行。"

"一来今天你女朋友来看你，二来今天你过生日，也算是双喜临门，必须得喝一个。"井区长说。

"你不给我这个副职面子，也得给咱们老大面子吧！"李强向井区长挤挤眼笑。

"明天给你放一天假！"井区长说。

冯薇薇侧开身让出一个上菜的空当，李强就势拿过酒杯，倒了小半杯："小冯不会喝就意思一下吧，鱼来了咱们开吃呀。"

美味的傻儿鱼调动了大家的情绪。一桌人吃着说着,气氛渐渐热闹起来。

冯薇薇举起杯子,大方地说:"今天是阳阳二十七岁的生日,谢谢你们对他的照顾,这杯酒我干了,大家随意!"

一杯喝完,李强也举起酒杯:"小阳咱俩喝一个,你和小冯结婚时我给你当伴郎!"

冯薇薇看了一眼安小阳,微笑的脸上闪过一丝异样的表情。

在饭局进行到下半场时,酒到酣处的一桌人开始闹酒,拉东扯西,吆五喝六,一个个全没了斯文样。先是猜火柴棒,九个人最多攥九根火柴棒,猜对了罚一杯。后又玩老虎棒子鸡:"老虎吃鸡,鸡吃虫,虫吃棒子,棒子打老虎。"筷子一响,口号喊出,几下就分出了胜负。在他们连连的进攻下,主角安小阳终于败下阵来,冯薇薇也替他喝了不少酒。

最后吃蛋糕前,他俩同时将蛋糕上的蜡烛吹灭。切开蛋糕时,井区长不胜酒力溜到了桌子下,李强赶紧找人将井区长弄回了宿舍。从井区长宿舍出来,李强说:"你们结婚时,可得请我当伴郎啊!"

冯薇薇眼神黯淡,尴尬地笑了一下。李强察觉出她的不自在,赶紧换了话题说:"那你们赶紧休息,探亲房都给你们收拾好了。"

回到探亲房,趁着安小阳洗澡的时间,冯薇薇飞快地换了件粉红色的睡衣,躲在被窝里面。

安小阳洗完澡出来,熄了灯,两个人躺在床上,一肚子的话忽然不知从何说起。

黑暗中冯薇薇拉开了话题:"上次我给你说的事情,你考虑得怎么样了?"

安小阳拉起冯薇薇的手一时语塞。

"打电话你吞吞吐吐,到现在你还犹豫不决。想想当初我们在一起时有多快乐!"

"其实这三年来,你就是我最大的梦,每次我坚持不下来时,我都是想着咱们的约定,才走到了现在。"

"你知道一个女人,除了事业之外,最希望的就是和她爱的人在一起。"

"你的心我了解,我一直都在牵挂着你。"

冯薇薇搂住他的脖子说:"那你跟我一起回湖南吧!这样我们又可以在一起了,而且湖南发展的机会更多。"

安小阳盯着她的眼睛认真地说:"你听我说,我知道山里不能跟湖南相比,我以前也不喜欢油田,但自从被家人逼着来到这里以后,我已经喜欢上了这里。我们这里一直流传一句话:穿上工衣我无法拥抱你,脱下工衣我无法养活你。"

"你回了油田后,我本以为爱情可以超越距离。但是,当我真正尝过相思泪,吃过离别苦后,每夜从梦中醒来,都感到孤单难过!"她哽咽着说。

"三年了,咱们结婚吧!"他吻着她的头发说。

"结婚?结婚容易,结婚后怎么办?还是两地分居吗?"冯薇薇哭得泪水涟涟,"你知道我一个人独自在湖南打拼到经理位置上,有多不容易吗?你考虑过我的感受吗?你不可以太自私了!"

"我……"

"两条路,要么,跟我回湖南结婚;要么,要么分开过!我们的青春都耗不起了!"冯薇薇坐起来语气坚决起来。

"我爷爷干了一辈子石油,我爸爸干了一辈子石油,我妈妈干了一辈子石油,我现在才知道,我的血脉在这个大油田哪!"安小阳仰头止住流出的眼泪。

"那我们这几年的感情算什么呀?"冯薇薇问。

直到这时,他们才发现,就是现在这么近的距离,他俩之间也已经横着一道不可逾越的鸿沟,工作三年的时间已经将两颗心生生地隔在了鸿沟的两边。

安小阳想起来将床头的灯打开,冯薇薇忽然伸出手将他的手按住,将冰凉的嘴唇紧紧地贴在了他的唇上。安小阳惊讶地抬起另一只手伸向床头,黑暗中摸索了几下将灯打开,一瞬间床头柔和的光幽幽地笼罩住了两个人,安小阳看到半倚在他身上的冯薇薇满脸泪水,面色潮红如桃花,领口松松垮垮,露出半截瓷白瓷白的酥胸。

安小阳后知后觉，他后来才想起来，那天从见到冯薇薇后，她一直就很反常。当聚集的能量终于从火山口喷发出以后，安小阳恍惚间有种冲刺一万米后脑袋缺氧的眩晕感。原本独立的两个人，竟然可以通过这样的方式紧密相连。如果身体交接得密不可分，是否就可以直抵对方灵魂的深处？

第一次混乱过后，他俩一夜再也没有说一句话，只是像大四毕业时一样，彼此搂得紧紧的，生怕一松手就再没有拥抱的机会了。

安小阳也不知道自己是怎么睡着的，醒来时天色大亮，他迷迷糊糊地睁开眼，忽然有种不祥的预感，胡乱穿上衣服，从房间冲了出去。

赶到门岗房，门岗房的大爷愣着看了他几秒钟："你女朋友走了，你也没送送！"

安小阳愣了几秒钟，发了疯似的冲到小镇街道上，寻找一圈后又冲往县城的方向，他冲到一座高山之巅，一直眺望着面包车从山顶盘旋而下，一点一点消失在视线里。

他久久地站在高高的山上，火红的身影，像火焰一样燃烧着。

六

曹萌说李强陪她走过了刚来油田最无助的几年，她要陪李强走过一辈子。

李强邀请安小阳当他婚礼的伴郎，安小阳犹豫再三，最终还是选择去陪伴这位患难兄弟走过那一段最耀眼的红地毯。当年李强说要给安小阳当伴郎，结果让时间导演成了安小阳给李强当伴郎的剧本。伴娘是曹萌的好朋友陈璇。安小阳手捧着一大束鲜花，陈璇的手里则捧着一个托盘，托盘里是要交换的结婚戒指。安小阳脸上始终挂着笑容，那一天下来笑得脸有些累。晚上李强打电话说："我今天待客，请朋友唱歌，晚上你和我一起去吧。"

"有美女呀？"安小阳问。

"有美女，有大美女！刚好抚平你受伤的心灵。"李强在电话里调侃着说。

"我现在是金刚不坏之身，你随便在我的伤口上撒盐吧！"安小阳装作一副无所谓的样子。

"哦对了，这位美女还是咱们厂机关的！"

"莫非是对我早有耳闻，垂涎已久……"

"我见过无耻的人，可没见过你这么无耻的人，你到底去不去？"

"我也就委屈一把，满足一下女人的虚荣心好了。"安小阳说。

"你自恋得简直让人想吐，晚上8点，音乐汇！"说完李强便挂了电话。

安小阳来到"音乐汇",推开包间门,震耳欲聋的音乐像巨浪一样朝他袭来,包间里面除了李强还有和曹萌聊得热火朝天的一个女孩。李强正撕心裂肺地唱《光辉岁月》,耳不忍闻。

李强看见安小阳,放下话筒,走过来做了一个结实的拥抱,转身拉着安小阳坐到沙发上介绍:"这位帅哥是我的兄弟安小阳,瞧这名字起的,小太阳,真是名如其人哪!那么这位呢,就是陈璇,这名字就更不得了,一听就是大美女!"李强眉飞色舞地介绍着。

安小阳和陈璇礼节性地握了一下手,安小阳顺便打量了一下眼前的女孩。瓜子脸,一副精致的窄边黑框眼镜,身高大概一米七左右,一条黑色的休闲T恤搭配一条泛白的牛仔裤,高高梳起的马尾辫,让她不失文雅,又不流于媚俗。

"安小阳,你迟到了十分钟!我忘了告诉你,今天谁迟到谁买单!"曹萌对着坐到沙发上的安小阳说。

安小阳刚要开口,李强笑着说:"曹萌开玩笑啦,你别当真。别人唱歌要钱,我唱歌是要命,两位美女听着我的鬼哭狼嚎,早就抗议了,咱们喝酒!"李强说。

李强叫来服务员,点了两打啤酒,又让陈璇、曹萌点了一大堆小吃和果盘,李强把钱付清以后,大有今朝有酒今朝醉,不醉不归的架势。

"今天既然来了,咱俩谁也别想站着出去!"李强慷慨陈词。

"行，还是那个纯爷们!"安小阳高声叫道。

"陈璇，你也喝点! 我知道你能喝!"这话李强已经说了好几次。

"不是说了嘛，我得开车。要不然，两个你也不是对手!"陈璇搂着曹萌说。

李强苦笑了一下，看了安小阳一眼，然后说："这你都看出来了? 这就是机关培养出来的女汉子!"

"李强，你说谁是女汉子!"曹萌笑着将一包杏脯砸在他胳膊上。

"她是哪个单位的?"安小阳问。

"陈璇是咱们展馆的解说员哪!"说着曹萌翘起了一个大拇指。

"原来是这样，要么听她唱歌像天籁之音呢，原来是师出有门!"安小阳借着酒劲说。

"见笑见笑，你们俩也唱首歌?!"陈璇说。

安小阳刚想说话，被李强给抢先了："陈璇，今天让你听听我们小太阳的天籁之音!"

"李强，你喝多了吧，说话都大舌头了!"安小阳狠狠地说着，伸手一把将李强剥开的杏脯放进自己嘴里。

"对，对，唱一首，就唱刘秉义的那个什么，什么来着?"李强接过陈璇手中的麦克风，塞到安小阳手里。

"《我为祖国献石油》!"曹萌说。

"对!对对!《我为祖国献石油》。"李强大舌头说。

"我唱不好这首歌,换首别的吧。"安小阳说。

"选哪首?"陈璇已经站起来,朝点歌机走去。

"《曲终人散》吧。"安小阳说。

"我终于知道曲终人散的寂寞,只有伤心人才有,你最后一身红残留在我眼中,我没有再依恋的借口,原来这就是曲终人散的寂寞……"

歌声顺着话筒线从音响里传出来时,陈璇的目光不自觉地看了看安小阳,喝完酒的安小阳脸颊通红,但那俊朗的眉宇间好像写着许多苦涩。

这首歌她在歌厅里也唱过,但每次都是活泼欢快的氛围,今天被眼前的这个男孩唱出来,却变得如此沧桑,似乎此时才能深谙这首歌的内涵,韵味就更加别致了。到歌曲快结束时,她分明听见了安小阳颤抖哽咽的声音,看到他仰起头时眼角的泪痕……

歌声未落,李强已经带头鼓掌。

"再来一首!"曹萌起哄。

陈璇静静地在沙发上坐着,没有鼓掌,没有说话,她的意识还没有从他的歌声中走出来。

七

　　周末,安小阳被李强生拉硬拽坐到私家车上。从第一眼看到开车的陈璇和副驾驶上的曹萌,安小阳就明白了李强说的爬山完全就是一个阴谋。车子一脚油门出了基地,很长时间才拐进了山里的林荫小路,继续向前行驶,清澈的溪水在山石间尽情流淌、跳跃,那特有的哗哗声响,让这空间变得更加清幽致远。下车来到河边,陈璇微闭着双眼,深深地呼吸着山涧清新的空气,陶醉在这天然氧吧之中。

　　他们来到山下,陈璇登上山脚小路,曹萌跟在身后,很有专业登山运动员的范儿。到了小山坡边缘,安小阳抬头发现两个女孩那红色冲锋衣和蓝色天空、墨绿色松树、灰色山石构成了一幅美丽的风景。在山顶休息时,安小阳自告奋勇,用陈璇的单反相机为他们拍了各种凌空飞翔的照片。

　　下山时,极目远眺,幽谷千尺,怪石嶙峋,尽收眼底。曹萌说:"这么美的风景,唱首歌吧!"

　　"我专门下载了一首应景的歌,放给大家听一下。"李强掏出手机附和道。

　　刚开始只是李强在哼着曲调,然后曹萌也加入了节奏,安小阳和陈璇也被这种情景渐渐感染,放开了声调,在空旷的山里唱起许巍的那首《旅行》。

他们唱得酣畅淋漓，唱得心花怒放，平日里的郁结、烦闷此时此刻统统被一扫而光。此时，夕阳就像魔术师，用一把巨刷把这挺拔的岭、高耸的峰涂抹得金碧辉煌。四个全身沐浴着金色的年轻人，肩并着肩一步步走向山下。

爬山回来后，陈璇以送照片为名，以各种工作为由，成了安小阳班里的常客。她爱说爱笑，不久便和班里的人打成一片。陈璇的大气还有靓丽动人，安小阳都看在眼里，他无法不被眼前这个女孩吸引，无法去排斥她，但也无法接受她，可陈璇已经走进了他的生活，并正成为他生活的一部分。

井区部组织职工参观厂展馆，安小阳跟着浩浩荡荡的参观队伍来到展馆门口，忽然出现了一个熟悉的面孔。陈璇大方地站在展馆门口，开始了讲解工作："欢迎来展馆参观……"

自信大方的仪态、标准流利的讲解、投入用心的引导，安小阳拿着笔记本认真记录时很像听老师讲课的小学生。看着她姣好的面容，似乎能闻到空气中有暗香浮动。

从展馆出来，他看着陈璇额头上细细的汗珠，对着她笑着点了点头。陈璇也以笑容回应，对安小阳说："我和曹萌是好朋友，她给我说了你的经历，每个人都要从过去的阴影里走出来！我珍惜自己的缘分，我对你的印象挺好的，我想我们可以做朋友。"

安小阳一时语塞。

冯薇薇走了，安小阳就是一个没有灵魂的躯壳，就是一只没有线牵的风筝。来到油田后，安小阳想过失去在大城市工作的机会，想过失去发挥大学所学专业知识的平台，想过失去工作之余游览大河大山的自由，所有能失去的一切他都想过，唯独没有想有一天他会失去相恋七年的爱人。

李强打牌时的话一语成谶。安小阳几乎每天找他喝闷酒，而且专门喝高度数的烈性酒。每天一瓶酒下肚，安小阳有时哭，有时笑，李强和曹萌使出浑身的解数也只会换来一声叹息！

身边的人都问："小阳，你条件也不错，再找个女朋友吧，到底想要什么样的？"

他也只是一笑应之。

李强说："你究竟要找个什么样的，咱们作业区这么多女的你看不上也就罢了，那么别的作业区，别的厂，总有一款适合你，别老这么漂着。"

大家都说："安小阳，我们看着你这样，难受！"

男大当婚，但他相信一切东西都在冥冥之中注定，这是他的一场劫难。他好像高塬之上的苦行僧，挑着这副重担前行。

八

翻过年的元旦，丁栋和李倩结束了爱情长跑。丁栋研究生毕业后，在西安一家传媒公司任职，现在已经坐到了部门文案组组长的位置。

来到结婚的酒店，丁栋站在门口迎客，穿着一身笔挺的西装，打着领带，看上去很绅士。

"终于把你盼来啦！啧啧，瞧你穿的，太扎眼了，会抢了我的风头的。"丁栋迎上来抱着安小阳的肩说。

"没办法，人长得好，穿什么都扎眼！"安小阳毫不客气地开玩笑。

"哎呀，安小阳你能来，我太高兴了！"新娘李倩穿着一身雪白的婚纱从大厅里面走出来。

"恭喜你们哪，你俩得到了我渴望的一切，事业和爱情。"安小阳感慨道。

"谢谢啦，你也会找到属于你的幸福！今天冯薇薇也过来了，你看见了吗?"李倩拉住安小阳小声说。

安小阳一愣，随即说："哦，她已经跟我没有关系了！"

"呵，当然没关系，但还是同学嘛！"丁栋拍了拍安小阳的肩膀。

来到宴会厅，婚礼现场已经布置好了，熙熙攘攘的人群让安小阳感觉眩晕。婚礼进行曲奏起，李倩挽着丁栋的手臂出现在宾客们面前，满脸幸福的笑容。忽然在变换的灯光中，安小阳看到了一张熟悉的脸，冯薇薇正坐在中间的席位上看着他。想起那年他们四个人初次相识的场景，眨眼之间，时间已过了六年。现在李倩和丁栋的爱情终于修成了正果，而他和冯薇薇却天各一边。

当年的大学同学难得聚在一起。毕业几年，他们的身份和地位已经开始显现出巨大差异。老张喝多了酒，抱着安小阳和丁栋追忆当年，举着杯子高吟："何日功成名遂了，还乡，醉笑陪公三万场。不用诉离觞，痛饮从来别有肠！"

安小阳发现冯薇薇站在他身后，冯薇薇剪短了头发，画着淡淡的妆，浑身上下散发着熟悉又陌生的味道。

"你过得好吗？"冯薇薇问。

"好与不好又有什么关系！"安小阳吸了口烟说。

"你还在恨我？"

"呵呵，恨？恨就是长在心里的毒药，我没必要为说放弃的人在心里种下毒药！"

"我要结婚了，我想亲口告诉你，我只希望你过得好！"

"祝您幸福。我一个人会过得很好！"安小阳忽然感觉心被刀划了一下，在最痛苦时，他曾经恨过冯薇薇，不过他始终还抱有幻想。婚礼上人声鼎沸，而他忽然感觉如此孤单。

"你会找到一个好女孩！"冯薇薇深情地抱住安小阳。

安小阳在抱紧冯薇薇前，把抬起的双手从她背后放了下来，长长地叹了一口气："保——重！"

看着冯薇薇转身，安小阳忽然理解了相忘于江湖的含义，也许荡气回肠的爱情消失时，最好的结束就是相忘于江湖，在心中为眼前的人默默祝福。

安小阳不免有些压抑，趁着上厕所的间隙，坐在大厅沙发上，点了一根烟闷闷地抽着。忽然一阵电话铃声把他惊醒了："安小阳吗？你妈在职工医院！"

"怎么了？"

"脑溢血，我们正在抢救！"

电话那边挂断了，安小阳愣愣地望着眼前的一幅油画，瞬间失忆了几秒钟，然后一把抓起书包朝着酒店门外跑去。

安小阳给在家休假的陈璇打电话，恳求她先到医院看下母亲的情况。他连夜赶往西安，一路上他心弦绷得紧紧的。赶到医院已是凌晨4点多，他跳下车跑进医院。

陈璇正靠在高压氧舱急救室门口的墙上，眼睛红红的，眼角挂着泪滴。

"怎么样，我妈怎么样？"安小阳趴在抢救室的门口问陈璇。

"正在抢救……"陈璇缓缓地说。

"医生到底怎么说？"安小阳急切地问。

"突发脑溢血，你们家里没有人，要不是邻居发现得及时，人就……"

"突发脑溢血？"安小阳还是不敢相信自己的耳朵，一向身体健康的母亲怎么会得脑溢血？

时间在一秒一秒地过去，抢救室的门紧闭着，没有一个医务人员出来。天渐渐亮了，安小阳的表情凝重得可怕，陈璇的心也被悬得越来越高，似乎已经到了崩溃的临界点。安小阳搂住陈璇的肩，身体软绵绵的，嘴唇干裂，眼睛里满是泪水。

"我怕，我妈……"安小阳的声音没有一点力气，充满了恐惧。

早晨7点多，父亲从苏里格赶到了医院。安小阳发现他印象里一向精神矍铄的父亲一夜间苍老了好几岁。

"别担心，一切会平安的！"父亲过来摸着安小阳的头说。

"为什么我妈会突然晕倒？"安小阳喃喃说道。

"你妈妈去年年底就出现看东西模糊、视力下降、头晕目眩的症状，你一直情绪不好，就没有给你说过。"父亲说。

安小阳陷入了深深的自责中，从接到电话的那一刻起，他心里满是愧疚，这一段时间以来，他一直深陷在儿女情长中不能自拔，对父母的关心却少之又少。

又过了两个多小时。抢救室的门突然开了，一个医生走出来。安小阳像黑夜中的行者看到黎明的曙光一样，猛地抓住医生的胳膊问："大夫，我妈怎么样了？"

"呼吸逐渐恢复正常，但是还没有苏醒过来……"

"那就是说没有生命危险了？"安小阳未等医生说完便又焦急地问道。

"生命危险应该没有了，但病人的意识能不能恢复过来，现在还不能确定，还得在重症监护室观察治疗两三天才能知道。"

"她，她会留下后遗症吗？你们一定要全力抢救呀……"安小阳父亲急切地恳求着。

"你放心，我们肯定全力以赴。"医生说完，匆匆地走了。

安小阳一下瘫坐在地，陈璇赶忙把他扶起来，搀着他坐到不远处的椅子上。

三天后，安小阳陪着母亲从重症病房转到普通病房。度过了危险期，但她还需要在医院养两个月。

安小阳提着煲好的鸡汤来到病房，进门后发现陈璇正在母亲的床边削苹果。

"你啥时来的？"安小阳问。

"我今天有空，过来探望阿姨。"陈璇把削好的苹果递给病床上的母亲。

"唉，总是麻烦闺女，心里很过意不去。"安小阳母亲一脸歉意。

"麻烦什么呢？举手之劳的事情，阿姨你要好好养病！"陈璇说。

"是呀，你快点好起来，大家就都放心了。"安小阳说。

"你把身体养得棒棒的，我还等着看你的散文呢。"陈璇说。

"身体养好就行了，哪还有精力写那东西。"安小阳说。

陈璇朝安小阳噘着嘴笑了一下，看得吃苹果的母亲满眼笑意。

从病房出来，安小阳把陈璇送到路边，拦了一辆出租车。

"我回家了，你快点上去吧，好好照顾你母亲，我很喜欢她写的散文！"

目送着陈璇钻进车的那一刹那，安小阳心里的某个角落忽然一下子敞亮起来。

草长莺飞的5月，母校的樱花林成了市民春游的好去处，安小阳约上陈璇来到学校，来到他曾经的宿舍楼下。静静地站在这座宿舍楼门前，抬起头就能看到原来那间宿舍的窗户。伴着沙沙的雨声，似乎还听到了宿舍里传出的喊叫声，是在侃女生，还是在打游戏，再仔细听，四周静静的只有雨滴敲在青砖上的声音。

"你还记得在这里生活的那四年吗？"陈璇问。

"感觉那场景历历在目。日子过得真快，时间都去哪儿了？"安小阳似乎是自言自语。

"是呀，门前老树长新芽，院里枯木又开花，时间都去哪儿了呀？"陈璇也感慨。

"其实，我妈从病房里平安走出的那一刻，很多事我就想明白了。"安小阳说。

"小阳，我从第一次见你，就喜欢上了你。不过，今天听到一点也不晚！"陈璇的话简单而又深邃，"让我抱抱你，以喜欢你的名义，好吗？"

"好——哇。"安小阳抱着陈璇颤抖的身体，忽然感到有水珠一滴一滴地落到他的脖颈上,热热的带着体温。

"我带你在校园里转转好吗?"安小阳提议说。

"好哇!"

他俩并排慢慢地踱步而行,仿佛又回到了大学青涩而浪漫的纯白时光。只是身边的人变得不一样了。走在两排樱花簇拥的林间小路上,安小阳的手不自觉地扣在了陈璇的手上,紧紧相握的指间,弥漫着春天爱情绽放的味道……

九

高塬——这个安小阳曾经发誓要逃离的地方,十年后却成了他的精神原乡。年深外境犹吾境,日久他乡即故乡。那些调走的和坚守的同事,失去联系好几年的高塬石油人,通过微信又联系在了一起,安小阳组建的微信群,集思广益选取了一个诗意的名字,叫"黄土高塬"。高塬早已超越了地名的含义,成了烙在这里生活过的人们身上的印记。

刚来时不明白这地方的方言,人家问安小阳能听懂不,就问"解哈不?",安小阳一头雾水,为啥说个话还问"害哈不",后来才知道是问他听懂了没有。现在安小阳也能说一口陕北话。陕北话里,土块念"土疙瘩",去年念"年时",现在叫"儿歌",高粱秆叫"棒棒"。

意外收到卓玛老师的信,这位可爱的老师说他们那年一起支教的六个大学生后来陆续都到过金塬，只有他没有回来过，他希望能再给安小阳演奏一次《月光下的凤尾竹》。

沿着十年前的路线来到金塬德扎小学，这次不再需要行色匆匆。车顺着草原间的大道穿行，远眺野花朵朵。野花间一座座帐篷，似白云，似星星散布在草原上。

天黑之前坐上了那辆面包车，一路上听着它稀里哗啦的声响，安小阳来到学校门口。学校还是当年的样子，丁香依旧散发着香气，一串一串的紫色小花蕊，绚丽地被娇嫩的绿叶衬托着，好像一直开放在金塬的岁月里。

来到一间亮着光的宿舍门口，安小阳喊："卓玛老师。"门吱呀一声开了，晚上门口光线不好，卓玛老师向前走了几步才看清楚来的人是安小阳，便上前和他紧紧地拥抱在一起。卓玛老师这几年里容貌变化不太大，只是背比以前驼了一些。

"孩子们都在大城市读大学了，我替他们敬你一杯！"卓玛老师敬上一杯青稞酒。

"谢谢！"安小阳接过烈酒一饮而尽。他和卓玛老师聊了好多工作生活的情况，他俩都喝多了，卓玛老师拿起葫芦丝，吹起了曲子。葫芦丝发出的悠扬婉转声中，安小阳恍惚看到当年一群人围坐在院子里的情景。

第二天起床，卓玛老师在水龙头上接了一盆洗脸水，安小阳惊讶地问什么时候在这里修了一条水渠。

卓玛老师笑了笑说："这水渠有个秘密！"

"秘密？第一次来这里时，我也有幻想过修建一条水渠，减轻你每天背水的负担。"安小阳回忆起和冯薇薇提过这个建议，当时限于资金短缺，才把这个计划搁置。

卓玛老师说："傻孩子，这个水渠就是用你们捐的钱建的呀！"

"捐钱？我们？"安小阳望着卓玛。

"这么多年，一直有人来看望我和孩子们。"

"谁？"

"冯薇薇。"

安小阳愣在了宿舍门口。卓玛老师说这么多年冯薇薇每年都来学校，每次都会留下一万元，并说钱是以她和安小阳的名义捐助的，冯薇薇说这是她最大的心愿。

半个月前水渠修通后，冯薇薇也来拜访他，还讲述了她与安小阳分手的事，以及自己要结婚的打算。她说这里永远都是她心灵的故乡，并留下了两瓶昨天晚上他俩喝掉的青稞酒。

卓玛老师说："在这个世界上每个人都有自己的生活方式，很难说谁对谁错。"

卓玛老师带着安小阳来到那根饱经沧桑的旗杆下，安小阳在旗杆上寻找着自己的名字，忽然在他名字旁边看到熟悉的痕迹——出自冯薇薇之手的一张笑脸图案和竖着刻在旗杆上的一句话：世界以痛吻我。

安小阳的眼底一片潮湿。他曾经刻骨铭心爱过、恨过的人哪，竟然以如此的方式爱着他。

冯薇薇在他俩爱情的发源地，一直默默地浇灌着最纯真的爱，这一瞬间她的爱已经超越了爱情本身。安小阳在旗杆竖着的那句"世界以痛吻我"的旁边，刻出另一行字：我念绵长如斯。

他拿出许愿瓶，将冯薇薇送给他的红色心形石头，以及那封信装进去，埋在水渠下面。从开始的地方结束，这应该就是最好的善终。如果石头可以发芽，这块石头也会生长开花，像校园里绽放的丁香，芳香四溢；像水渠里奔涌的清泉，沁人心脾。

温凉时光刀

一

时光是一把温凉刀,划断了我与乡村之间的联结。无数次从渭河桥走过,桥的这头连着城市,那头连着农村,这桥便是一个暗喻的象征。

渭河作为黄河的最大支流,从我的老家甘肃通渭发源,带着家乡的泥土流经麦积山下的天水,流过关中大平原上的宝鸡,便来到了十三朝古都长安。最早流淌在《诗经》里的渭河,"烟波浩荡""渔舟唱晚",温庭筠有诗云:"风帆一片水连天。"李白观望渭河感慨:"渭水银河清,横天流不息。"黄昏时分站在家里的阳台上,能望见蜿蜒的渭河在这块黑土地放缓了脚步,被一轮夕阳染得波光粼粼。

我是沿着渭河生长的,我的孩子出生在西安渭河之滨,孩子五个月时,我和妻子以陪孙子的名义,动员母亲来家里照顾孩子,这次稍加说辞母亲便欣然同意。她乘坐的动车沿着渭河一路飞驰，等不及看天水的麦积山，等不及看关中的大平原，像融进渭河里的一滴水，和她的孙子禾苗相聚。禾苗是我孩子的乳名。

母亲晕车严重，临走前买了晕车药、葡萄糖随身带着，踏上了让我百感交集的行程。动车到站时，熙熙攘攘的人群中母亲踩着摇摇晃晃的脚步，看到妻子怀里的禾苗，苍白的脸上露出笑容。都说隔辈亲，母亲又亲孩子的小脚丫，又摸小脸蛋，一声一声叫着孩子的乳名。

这次接母亲来西安，看到母亲脸上绽放的灿烂笑容，我觉得生活像花儿般向我绽放开。

带着母亲游长安美景，尝长安美食，是我一直以来的心愿。一站一世界，一程尽繁华，这是无与伦比的长安美景。西安城墙由几亿块青砖夯起来，处处流露着当年的华贵风采，这是带着母亲游的第一站；大雁塔的恢宏气势，在夜晚音乐喷泉的映衬中气魄夺人，这是带着母亲夜游的起点。

"西安的面条像裤带，锅盔赛锅盖，碗盆不分开，油泼辣子一道菜，回民街的砂锅滚烫，钟楼的羊肉泡馍浓香。"我讲得仔细，母亲听得认真。

生活像浓墨滴在洁白的宣纸上，一滴滴在我和母亲的谈话间弥漫开来。

带母亲到渭河边散步时，眼前是长河落日圆的美景。离开钢筋水泥的楼房，母亲精神也明显好了很多，话也多了起来，话里叨念着家长里短的琐碎事：麦子黄了要割，玉米熟了要掰，地结痂了要耕，猪长膘了要喂……话里话外都是要回去的意思。

母亲心里牵挂的是与黄土地有关的点点滴滴。

土地、庄稼、牲口，已经和她融为一体，成了长在母亲身上的一部分。而这些挡在母亲和我中间的土地、庄稼、牲口，正与我这个农民的儿子渐行渐远。

母亲这次同意过来，仅仅是为了亲眼看一看日思夜想的孙子，亲耳听一听一直隔着电话的呢喃，再剩下的都是无关紧要的事。

"你一年春种秋收，到头来能收多少？玉米两千斤，大麦一千来斤，土豆几百斤，胡麻一两百斤，还有养的那两头白猪，两只花猫，七八只土鸡，一共变卖不到一万块钱。以前家里穷，你拿粮食供我上学，现在可以享福了，这么着急回去，让村里人还以为我待你不好，把你赶回去了呢！"我一口气说出了一直以来的想法。

"孙子我也看了，房子我也住了，西安我也逛了。"母亲还说，"我就是心里急，想回去了！这几天我睁着眼睛到天亮，一天一天地头晕。"

我缓和了口气："你来一趟不容易，待上一年半载再回去。再说了你知道这一趟回去要多少钱的车费吗？"

从土地里刨钱的母亲最在乎钱，也不让我们乱花一分钱，即便是这次来西安，妻子带着母亲在商场买衣服，逛了整整一天，看中了一件花棉袄，妻子付完账走出商场后随口说到衣服的价格，母亲也要执拗地把衣服退掉，说自己穿那么贵的衣服就是糟践钱。

母亲说："我来时带了些钱，除过给禾苗的压岁钱，剩下的应该可以买回去的车票。"母亲来的第二天早上，就掏出了一沓钞票，说是提前给孙子的压岁钱，妻子抵不过母亲的一再说辞，便替孩子收下攒了不知道多久的血汗钱。

我拉着她的手说："你晕车成那个样子，走了我怎么还放心让你坐车，最起码要开车送你回去吧，来回一趟过路费和汽油费，最少也得千八百块，都赶得上你一年土豆的价钱了。"

母亲犹豫了，看得出花这些钱让她心疼了，但她还是勉强地说："我不用你开车送，这一趟都把我半头猪的价钱跑没了。你给我买票，我一个人能来，就能一个人回去！"她说着已经开始撩起外衣，从贴身衣服的口袋掏出钞票来。

我赶紧按住母亲的手，把钱塞进她内衣上专门缝的口袋里："禾苗刚和你混熟，离不开你！而且我最近要出差，回来了再商量吧！"

那天晚上母亲再没跟我说一句话。这是她生气的标准，小时候我闯祸让她生气，她就是这样的表情。她沿着渭河滨路一直走，好像要顺着这条河逆流而上，追随那一轮挂在地平线上的夕阳，步行到这条河的源头。

出差的路上，我把母亲来家里的经历说了出来，年纪稍大的赵处长也几度动容，感慨天下的母亲都是最伟大的人。他开导我说："我给你的母亲算了一笔账，如果咱们把这笔账算清了，你也就更加深刻地理解了你母亲的心思，一个农民的一生。

"从表面上看，现在农民种地，成本加上人工，到最后变卖的人民币，远远赶不上物价的增长；但从深层次看，一个农民的一生最值得赞扬，他们一锄头一铁锹地朝着土地要收成，勤勤恳恳。"

赵处长接着说："如果从尊重农民职业的角度上来说，你不让农民种地，剥夺农民种地的权利，就是不让一位侠客行走江湖，不让一位战士冲锋陷阵，不让一位商人下海淘金，你用貌似善意的初心，扼杀人的权利！"

送母亲回家，是我出差回来不久的事。恰巧那段时间，发生了一件对我家来说石破天惊的事。

那天晚上刚刚睡熟，睡梦中我被急促的敲门声吵醒。我迷迷糊糊地下床，看到母亲站在门口，消瘦的脸上挂满了泪痕。

"刚接到电话，你外婆过世了，心脏病突发没抢救过来！"母亲惊慌的声音有些发抖。

我愣愣地望着母亲，大脑空白了几秒钟，随即紧紧地抓住母亲发抖的手，意识到了事态的严重。我向单位请假，天亮便驱车载着母亲赶往老家。

这次我们沿着渭河逆流而上。

一路上，母亲的表情凝重得可怕，似乎到了崩溃的临界点。她的身体不时地颤抖，嘴唇干裂，眼睛发红，满是悲伤和疲惫，母亲不断说着外婆的生平往事，一路忍不住流泪叹息。快到家时，天空开始下雪，雪花像柳絮漫天飞舞。母亲说这是老天为外婆在戴孝呢！

外婆的坟冢在下坡的树林间，入葬时下着雨夹雪，坡下一片泥泞。母亲长跪在外婆的坟前，送葬的人穿着白色麻布孝衣排出长长几十米。我在后来的无数次梦里，都清晰地看见那个凄冷的清晨，唢呐悠长的声音在黎明开道，好多花圈跟在她的身后，好多星星都被吹落在外婆的灵柩旁。

我家和外婆家隔着一座山的距离，步行需要穿过一个乡镇的街道，以前没有手机没有网络的时代，外婆需要联系我们，几乎不用亲自到我们家，只需要在每月逢3、6、9号的时间，给赶集的乡亲捎个话：

"让玉琴到家里来，烤的馍拿一些回去吃。"

"让玉琴到家里来，地里种的土豆要刨。"

"让玉琴到家里来，花椒红了要摘下来。"

玉琴是我母亲的名字，乡亲碰见熟人，也会按照外婆捎来的话，让赶集的熟人路过我家门口时，隔着墙头喊相同的话。我出生后没有见过亲生奶奶，所以我把外婆一直喊奶奶。

在外婆家，早晨从暖烘烘的土炕上醒来，那扇布满格子的窗子透着光亮，拉起格子窗看到玻璃上的冰花奇异绽放。从被窝里钻出来，外婆迈着小脚掀开锅盖子，锅里冒起的热气哈在灰白的头发丝上像雾像霜。她给我碗里的洋芋菜，抹一勺油泼的红辣椒，就着刚腌的冬咸菜，吃一口余味浓香。

外婆慈眉善目，我的布鞋，半个月就露出了大拇指，她熬夜点灯，长一针短一针，补着我永远补不住的鞋面。那些布鞋，像温暖之舟，载着我渡过岁月之河。

母亲一边打吊针，一边强撑着打理完外婆的后事，她长时间跪在潮湿的地面，让原本消瘦的身体变得越发憔悴。外婆去世后，母亲一直自责，她说如果早早回来，这样的事情或许就不会发生。她说没有照顾好外婆，让她在能享到清福的时候去了。

看着悲伤过度的母亲，我便动员她到我身边生活。母亲说："我走了，头七都没有人给你外婆上坟！我走了，百日都没有人给你外婆烧纸！"

即便再给她做工作，最后还是像信心百倍的革命起义，在母亲潮湿低沉的话里偃旗息鼓。听着母亲压抑着的嘤嘤哭声，我心软了。母亲带着我，到外婆以前搬迁的老房子待了很久。房子肯定也有记忆，那些低矮的土木泥巴，应该也和母亲一样，躲在夜里忍不住哭泣。

母亲是用这种守护，弥补自己对外婆的愧疚吧！

我一个人在车里，慢慢踩下刹车，倾听夕阳与长河的呢喃，听见灵魂与乡土的私语。夕阳挂在蜿蜒的渭河之上，昏黄的暮色倾斜一地。

二

这么多年，我心中最隐秘的痛，就是父母的离婚。这些疼痛在我结婚生子后才稍稍有了平息。

父亲的一生，由不同年代的三场"战争"组成。这场战斗跨越时空，与岁月同行。他名副其实的第一场战争，是那年参加的自卫反击战。他和战友蜷缩在猫耳洞里，亚热带气候下不到一平方米的山洞狭小闷热，黑暗潮湿，老鼠、蚊子和蛇是他们亲密的伙伴。物资送不过来时，渴了喝一口榴弹后盖的水，饿了只能抓老鼠生吃。下大雨时山洞里灌进来的水淹到脖子，水退了身上泡得满是白皮皱纹。那时最强大的对手，还不是敌人，而是残酷的环境和无休止的寂寞。

他一直说，那个时候活下来，靠的是那一大壶散酒，高度的烈酒像灼热的火苗，从嗓子穿透到身体的各个部分，驱赶着身体里多余的潮气。

很多人倒在了战火里，父亲在战斗中被炮声震伤了耳朵，复员后听力下降严重，说话的声音像横飞出的硬纸片，能将面前的空气分裂撕碎。后来，这声音的杀伤力逐渐加大，很大原因源于和两地分居母亲的争吵。

猫耳洞像一个炼狱，锻炼着父亲的身心与灵魂。他沉默独断，雷厉风行，一直保持了一个兵的作风。那年转业，他成为石油工人队伍的一员，开始了他的第二场战争。

那又是一段激情燃烧的岁月，萦绕在他嘴边的马岭川道、大水坑、高沟口这些地名，排列组合成了长庆的发展进程。我作为油田子弟，招工到油田后，父亲问我："原油什么颜色？"

那天窗外的夜色和原油一样黑，我自信地回答："原油由于密度差异、含水差异、杂质差异，在阳光下会有很多种颜色。"

他望着夜色微微点头："我的记忆里，石油是火的颜色，是山丹花的颜色。"

父亲前往腰鼓之乡安塞打井，一路上卡车扬起的尘土和脑门上的汗水，和成了汗泥。月亮刚刚从地平线升起来时，卡车忽然抛锚熄火。他们在路边支起锅灶，吃完半生不熟的晚餐，身子一歪靠着卡车轮胎睡着了。第二天太阳露出地平线，他们步行翻山找修理工，刚刚翻过一架山梁，同伴指着远处的山坡惊叫，好漂亮的山丹花呀！父亲说他朝着那个方向望过去，一大片红色的花朵随风摇曳，六枚胭脂红的花瓣姿态各异，与野花杂草一起，端庄秀丽，像火焰一样美丽。那是他在陕北见过的最美的一幅画面。这些普通得像石头一样的钻井工，也有欣赏美的柔软内心。石油也有灵性，冰冷的钻塔给予钻井工火热的生命。

他们承钻的陕参35井在陕西、甘肃、宁夏交界的姬塬乡，是个鸡叫一声听三省的地方。他们冒着零下十几摄氏度的严寒，啃着干馒头，喝着散装酒，在完成钻前准备工作时，一场鹅毛大雪封堵了道路，配泥浆的白土运不到井上，钻机不能开钻，一连几天未见进尺。队长一夜之间着急上火满嘴燎泡，父亲说那几天井上的三条狗挤在一个角落里，看见陌生人都不予理会，山下河坳里没有融化的积雪，在微弱的阳光下泛着冰冷的光。也就是那时，父亲灵机一动想出用河床里的白河土代替白土的点子。当时工具紧缺，大家把能用的家当全用上了，有的用装粮食的布袋背土，有的用水桶挑土，有的用床单兜土，有人干脆把长裤脱下来扎紧裤脚装土，天气寒冷，山路陡峭，在寒风凛冽中干得汗流浃背。没有经历过那个时代的人，没有和这样一群人并肩作战的人，没有滚烫信仰的人，无法想象一两句口号能战胜苦难，燃烧出激情岁月。

父亲的第三场战争，是向内的，来自身体内部的斗争。这场战斗漫长持久。他有一个剥落了瓷釉的洋瓷碗，裸露着黑色条纹和斑点，一直散发着酒精的香气。父亲怀揣着洋瓷碗，上巍巍黄土山，下潺潺马莲河，走遍了油矿的沟沟壑壑。洋瓷碗在父亲布满老茧的手里，盛满了散装酒，白酒泡馍就是他们独创的美食。

一碗一碗的劣质白酒在胃里定居，一天一天浸泡着身体里的细胞。那年体检查出胃癌早期时，他和母亲离婚有三年多时间。父亲比我冷静得多，他豁达的态度让我觉得癌症并不像想象的那么可怕。他孤零零一个人，靠着坚韧的毅力结合医生的治疗，控制住了体内癌细胞的扩散，代价是半个胃从身体里面被切除了。

看着被病痛一天天折磨的父亲，当他提出去遥远的陕甘宁时，谁也挡不住他的决心。我驾车带着父亲横穿陕西、甘肃、宁夏，开始一段告别的旅程。到了油区，父亲好像变了一个人，一路上兴奋地注视着车窗外，细细地辨认回忆，眼睛就像摄像机，把一片野花、一朵云彩、一架油井都记录下来。行程至陕西，连日的奔波让父亲的身体更加虚弱，但他坚持要亲手摸一把原油，闻一闻他日思夜想的味道。在陕北一个采油厂，父亲特意在一棵古树下祭奠了老石油不屈的灵魂。这棵古树古朴而苍劲，粗壮的树干需三个人才能合抱，数米高的古树主干，显得格外稀奇。第一次见这棵树，我有个强烈的感觉：这简直就是个活雕塑。在风吹石头跑、一年一场雨的陕北地区，长成这样一棵古树实属不易。

那一刻我终于感觉父亲也老了。

在甘肃的石油基地，曾经人声鼎沸的石油小区，被时间这条洪水冲刷，剩下的只有斑驳的水泥墙和一地的荒草。石油的勘测队纷沓而至，昔日的荒蛮之地，在一声钻机的轰鸣中苏醒，现代化的采油厂拔地而起。

这之后父亲年龄渐长，能听见的东西越来越微弱，久病初愈的身体越发消瘦，父亲提前办理了内退手续，退出了油田舞台。

去年9月，我迎着风，一路向北，走进黑龙江的大庆市，走进深深打上了铁人烙印的大庆，才真正走进了父亲的精神内核。那一刻我无比想念父亲，想念他的石油人生；想念他的猫耳洞，那是他长出骨骼的地方；想念他的洋瓷碗，那是他的热血青春；想念和他走过的路，这条路与铁人同行。

三

自打我记事起，门前的楸树就一直春泛花夏茵茵，楸树枝干需要两人合抱，大概二十来米五层楼那样高，枝枝蔓蔓伸出去十来米。小时候看见这棵楸树，就是家的方向，楸树下泛起的袅袅炊烟，就是回家吃饭的狼烟号角。

春天里，光秃秃的树枝上冒出繁密的花骨朵，在一场春雨的早晨郁郁葱葱地绽放开，从村子的各个方向看都是粉白的一团，像雨后的云霞。楸树的花期短，可能上一周学的时间，就能捡到落下来的花朵，早上凋谢的花朵还是新鲜的模样。有次在树下捡到从树上摔下的鸟蛋，淡绿色的蛋壳粉身碎骨，黄色的蛋黄洒在落花上，我从此以为楸树上的鸟把蛋孵在花朵里。想明白这个道理时，我惊呼着跑进院子，连被挡门板绊倒后的疼痛都顾不上，扑到母亲身上说出了我的重大发现，拉鞋底的母亲听完笑得前仰后合，眼角的皱纹皱起来一层又一层。

站在树上看村庄，小小的都在我眼皮底下，公鸡打鸣声点点零星，麦子拔穗铮铮向上，玉米苗闪耀着露珠。村子里天天走的那几条路，像手掌纹路一样，汇聚在桥头。我脚底下的灰瓦片，歪歪扭扭躺在屋顶上，长满黑色的苔斑。厨房顶上黑色的烟囱，像大象的鼻子伸出来一截。母亲把成堆的麦粒蹚出一条条壕沟，让潮气更好地被阳光吸收。猪圈里的猪，饿得嗷嗷直叫，它把吃食的石槽用嘴抬起来掉转了一个方向，像少林寺里习武的大力士一样。那头黑驴，在楸树下龇牙咧嘴，眼睛瞪得跟铜铃一样，生怕我爬那么高摔下来，砸在驴背上。驴也有驴的抗议方式，抗议前它把驴头低下，左右甩甩，仰起脖子叫唤，昂唧昂唧昂唧，那声音像一枚一枚炮弹，顺着我脚下的树干传到我的耳朵，威力巨大。村里一头驴的独唱，会引来一村驴的大合唱。邻居家的公驴，首先加入了续唱，高亢嘶哑的声音落在村庄的角角落落。麦场上的两头驴，屁股后面拖着二三百斤重的石碌碡，也不忘了仰着头叫两声。这样的驴叫声你方唱罢我登场，把一个村庄唤醒了。

远处那条细瘦的小路上，回荡着吱悠吱悠的曲子。村里人挑水的清泉，在一座山沟的崖畔，清泉里有方圆五十公里唯一一处淡水资源。那曲子是挑水的人肩上挑着的扁担和铁桶摩擦出的声音。我常常蹚过泥泞不堪的清泉，把两桶清水挑进家里的两个黑色瓷缸里。我顺着大大小小的脚印前进，找每一处能下脚的坚硬地面，即使这样，裤腿和布鞋还是裹满了泥浆，泥巴甩起来粘在头发丝上，感觉后脑勺像结出了泥棒。长长的柳条吐着绿芽，在我的扁担前头滑过。那样绵软有韧劲的枝条适合编成花环，把春天戴在头上，风从花环的细缝中穿过，刚刚生长的新芽还带着淡淡清香。粗一些的枝条被我做成柳笛，春天这些刚刚苏醒的柳树，树皮滑嫩，轻轻拧动就可以抽出树枝。留下来的树皮，把一头压扁后可以吹出悠长的唢呐声，这种祖祖辈辈流传的笛子，味道微苦，但是音域和羌笛一样宽广，笛子吹给松鼠听，松鼠睁着圆溜溜的大眼睛在柳树上伫立，毛茸茸的尾巴左右有规律地摆动。扁担在我肩头上上下下跳动，和两个水桶步调协同。十担水可以装满两个水缸，两缸淡水足够我们食用一周，每周我在挑水的路上往返一次。

六月天，熟透的麦子窸窸窣窣交头接耳，金黄色的一片一片向我挥手致意，等待着回归粮仓。通往庄稼地的羊肠小道上，我和母亲鱼贯而行，要开始一场盛大的仪式。

母亲扛着扁担走在前头，我步履匆匆扛着镰刀跟在后头。麦子是通人性的，一把一把的麦子在母亲手里像听话的孩子，一捆一捆被归置在麦茬上，而我手底下的麦子横七竖八地乱作一团。她看不过我割麦子的手艺，分配给我一个拾麦穗的任务。麦子割倒后，坐在弯弯的扁担上，吃着一人一份的干粮，那是一下午最惬意的时刻，看着满地的麦子，我也能体会到她脸上难得的喜悦神情。

夕阳挂在山头,她挑着麦子,我们又依次走在羊肠道上。路窄坡陡,扁担随着母亲的脚步有节奏地上下晃动,好像是咬进她肉里的一条蛇,钳在黝黑黝黑的肩膀上,金色的麦子对着她张牙舞爪,金色的夕阳余晖映透了她额头的汗珠。她仿佛脚下生风,跑过小路,跑过桥头,跑进麦场的方向。此时的乡村,被夜色笼罩,弯弯的扁担像极了挂在天边的月亮。

多年后我才明白,挑担的把式也是一个庄稼人的手艺,母亲作为女人,与扁担相融一体的协调,像极了一位武林高手人剑合一的最高境界。其实扁担何尝不是她手里的兵器,靠着肩上的扁担,她挑起了我困顿的童年,挑起了家里贫困的光景,打下了属于一个庄稼人的武林。

六月天的麦垛,像蒙古包一样伫立在麦场上,等待着一次集体的检阅,每一根熟透的麦子,彰显着庄稼人的辛勤劳作。成千上万只麻雀,也加入这场仪式中坐地而食,吃饱后驻扎在麦场边的白杨树上。我趁着午睡,偷偷溜出来,在麦垛上打下来两只胖嘟嘟的麻雀。我像猎人一样,把两只麻雀展示在麦场的墙头,然后追着那群麻雀,从麦场到堡子旁的柳树林里。在堡子上,隐隐约约听到有人喊:"麦子着火了,救火啦!"

一股浓烟从村头升起来。好奇心驱动着我的双腿,飞一般地跨过小溪,爬上山坡,往冒烟的村子里奔去。一路上有人拿着水盆、提着水桶、扛着铁锹,行色匆匆地朝麦场的方向奔跑。

麦场里火焰炙热，烟灰呛人，麦子烧着后噼噼啪啪炸裂，哭声、骂声、叹息声一片。

"不活了，活不成了，这可让人咋活？"我看见母亲躺在人群里，眼睛同火一样红，"吃什么不好，吃麻雀；到哪点火不好，点我的口粮？"

她手里高高扬起一只烧焦的麻雀，好像举着火炬的女人，浑身沾满泥土，眼泪糊在脸上，脚上的布鞋也不知道蹬在什么地方。被我展示在墙头的两只战利品，一只神秘地出现在母亲手里，另一只不见踪迹。

我在火场没有见着纵火者的身影，但心里一直愧疚，这场火虽不是我点燃的，但也是因我而起。

这场大火后，挂着拐棍下象棋的四爷和六爷，也颤巍巍地走在人群中说："村里人一家出一袋粮食，救济玉琴家的生活。"

乡土社会秩序的维持，和现代社会秩序的维持是不同的。村民对传统规则的服膺，让村里老人的话如同法令一般。

忙过了汗流浃背的秋天，村子里的腊月天，才有一年光景中难得的清闲日子。

夜幕降下来，我们这些孩子为了一种美食蠢蠢欲动。半边坡的房檐上有镂空的格子，冬夜里这些格子间成了麻雀最好的夜宿点，它们两三只挤进一个格子间里面抵御严寒。我们抬着梯子悄悄地立于房檐下，一个台阶，两个台阶，一步步悄无声息地接近麻雀，以便如猎豹一样跃起擒获美食。我用两个小手堵着格子的两头，将麻雀收入囊中。

美食第二天才能享用，从暖烘烘的热炕上爬起来，裹着泥巴的麻雀在火炕里烘烤，待熟透，敲开包裹在外面的泥巴，原汁原味的烤麻雀味道，在清冷的空气中散发开来。童年的零食欠缺，一年也没有几块零花钱，腊月里等上一天的工夫，才能收集一堆杀猪时燂掉的猪毛，换来过年的零食和鞭炮。那年头有亲戚从静宁买一个烧鸡，美食和味蕾碰撞时产生的愉悦，让人一见钟情地动心，让我乐滋滋地回味了好多天。

那时我们吃天上飞的、地上跑的、河里游的，麻雀、兔子、泥鳅，都以最原始的方式加工，保留最朴素的味道。这种生长在骨骼里的美食记忆，让贫困的童年有了温暖的一抹光。

小时候，对过年充满期待。磨好的花椒、大料和盐混在一起，大把涂到黑缸里腌渍的猪肉上。锅里咕咚咕咚冒着热气，案板叮叮咣咣，就像演奏一首交响曲。这是年的味道。

我们几个发小聚在一起，围着滚烫的炉火把土豆、花生、花卷放在炉盖四周，铁炉子烧得通红通红，不长工夫，土豆外焦里嫩，花生香气四溢，花卷清香扑鼻。

大年三十，早早从被窝里爬出来，拿着鞭炮准备和那只叫"年"的怪兽战斗一番。那只长着触角、凶猛异常的动物，躲在大楸树后面，躲在狗窝中，躲在门楼房里，而这些能藏得下怪兽的掩体，都是我攻击的目标。那时的鞭炮和大拇指一样粗，引线短，燃烧快，威力大。打火机点燃引线后三秒内脱手，抛出去的鞭炮才能安全引爆。这样精准的动作，我在九岁时就熟练掌握，而且百发百中，大有初生牛犊不怕虎的憨劲。第一发鞭炮投在楸树背后，惊得大楸树上栖息的灰鸽子扑闪扑闪飞远了。第二发鞭炮哧哧冒着红色火焰，顺着狗窝黑黑的洞口，画出一道抛物线，伴随着沉闷的爆炸火光和巨响，狗惊叫着像箭一样冲出来，转身对着狗窝龇牙咧嘴。第三发鞭炮在门楼房爆裂，厚厚的土墙裹挟着鞭炮声来回传荡，回声从门口传出来，格外响亮。母亲咳嗽着穿过硫黄燃烧后的烟雾，从门洞里出来，黄色的手电光像探照灯，扫过我手里的打火机，无奈地笑了。

村子里腊月三十赶庙杀鸡敬神，是延续了几百年的传统。赶庙的路上，三三两两的鞭炮声，像催促着赶庙人前行的羊皮鼓声，遥远又沉闷。月亮托着两个影子前进，一个是母亲的，矮胖；一个是我的，瘦小。月光像一块冰敷在我脸上，也洒在公鸡的鸡冠上，反射出幽幽的光。鸡毛一根一根像被朱丹染过，从鸡脖子一溜排到背上。月光还洒在香盘里，香盘的桃木有些年头，是爷爷手里留下来的传家物。香盘里黄色的表、浅绿色的冥币、一盒火柴摆放得整整齐齐。那把被磨得锋利的刀子，也静静地躺在香盘里，散发着冷冷的光。

庙门口的人跪着，冥币点燃了，香插在香炉里。众神威严地俯视着我们，那种肃穆，让我不敢抬头凝视众神的眼睛。众神凸起的眼睛，比我的拳头都大，鼻孔比牛鼻子都粗，嘴唇画着厚厚的朱红，巨大的手好像随时会抚开我们这些跪着的芸芸众生。

"今年家里收成不错，保佑来年多收几袋子粮食！明年还给你们杀鸡！"母亲双手扶着公鸡翅膀，絮絮叨叨对着庙里的众神许诺。

她从桃木香盘里抽出把带着月色的刀，开始了祭祀。一道寒光落在鸡脖子上，一对有力的翅膀扇动着，那是公鸡生平最用力的一次飞翔，那么大的力气把地上的土都扇干净了，把骨头折断了，台阶上的香盘也打翻在地，空气里弥漫着呛人的尘土和香灰。等那只准备飞翔的翅膀不再振动，母亲才松开钳子一样的手。

朱丹染过的鸡毛，会变成来年的一把鸡毛掸子，鸡肉会变成年夜饭里一道丰盛的菜，鸡胃会变成一味中药材。而那时候，天还没完全亮起来，月亮没有褪色，淡淡地挂在天上，冰冷的潮气渗入我跪在地上的膝盖里，让人瑟瑟发抖。

曾经那么刻骨铭心的人和事，十年后的今天我得花一段时间才能想起，而且事情发生得越远，唤起回忆的时间越长，仿佛有一部分人和事的细节永久地被踢出了记忆里。记得曾经读《挪威的森林》，直子反反复复地对渡边说："你要记得我，永远记得我这个人，我曾经在你身边。"直子肯定明白记忆储存的地方是个有漏洞的容器。

村子里的青杏子、白槐花、绿豆苗，这些都是我熟悉的，我熟悉的还有坍塌的矮墙头，荒废的木栅门，桥头的麦草垛；还有川里一望无垠的麦子，落日盖在天边的邮戳，母亲弯腰拾起的光阴，坡下新土堆起的坟冢。

村子的那座桥，长约一公里，一年四季变换着麦子、谷子、胡麻、洋芋的春播秋收，变换着梨子、苹果、核桃、杏子的青涩泛黄。读奈保尔的作品，时常让我想起村落里的人和事。他用文字搭起舞台，让街坊邻居登台演出，像一部明清笔记体的长篇小说，勾勒出一幅家乡小镇的众生相。

这渭河桥是一个暗喻象征。我从这里离开，就是和生我养我的脐带隔断；我从这里回来，就是和厚重熟悉的大地重合。

白鸽飞越骆驼山

一

骆驼山山连着山,弯嵌着弯,安小阳的站藏在山弯弯后面。

刚到井场时,他压根理不清工作头绪,每天二十四个小时,没有上班和下班的明确界限,再加上山里网络信号时断时续,他几乎处于与世隔绝的状态。无以言表的焦躁,无处安放。

一座山、一个人、一口井,组成一个世界;磕头机、彩钢房、铁丝网,围成一座孤岛。在那地方,他向往有一只狗做个伴。看井的老师傅都有一条信得过的土狗,跟在沟子后头,像尾巴一样。可一想又行不通,自己一天都不能保证按时吃饭,更别说狗了。

他以前在家,也养过一只叫"胖胖"的拉布拉多犬,但举家搬上四楼后,胖胖真胖得连楼梯都爬不上去,不得不寄养在亲戚家。这件事，让他伤心了好几个月。

春天，半袋子生虫的大米没法处理，堆在铁皮房后面的一角，几天后，来了一只白色的鸽子，慢慢把它们吃光了。

这洁白的小精灵，翅膀上带着两个章印，刚开始以为是野鸽子群里的一只，后来看到外面飞的野鸽子，基本都是灰色的，才想到可能是掉队的信鸽。

他休了一个长假，回到井场时看见鸽子还站在窗台上，这让他心里荡起一丝暖暖的情谊。只是白鸽找不到吃的，把窗台上的蒜头和姜块叼在地上，把房子周围弄得一团糟。

夏日，晨阳醒得格外早，早上鸽子在窗外咕咕叫个不停。门一拉开，碎银子一样的阳光洒满了看井房。

房外的窗台上，白鸽带着一只灰鸽正缠绵私语。

大概一个月后吧，那只外面回来的灰鸽羽毛蓬松着蹲在窝里一动不动，用手碰碰它，只见鸽子懒洋洋地站起来，两枚淡绿色的蛋出现在红色的小脚旁。

刚出壳的小鸽，比鸽蛋大不了多少，身上的乳毛还未褪尽。虽然井场没条件高规格款待这两个新生命的到来，但他还是用废旧的木箱做了个小窝。

秋天，云彩掩护着太阳悄悄下山了，云彩累了，趴在山头休息，热得红彤彤的。

远远的，一望无际的蓝天下，白鸽飞过来了。小白鸽与它的父母兄妹，一共四只，咕咕咕的叫声，着实让见到的人都赏心悦目一番。在气流的助力下，鸟儿的飞翔不需要太多气力，只是轻轻地扇动着翅膀，显出优雅的姿态，看上去就像精心编排的舞蹈。白色的翅膀下，隆起的山梁，一道一道横亘着，起伏拥挤，一直涌向视线的尽头。

安小阳久久地凝视着黄昏的鸽子，看它一会儿在井场边的草地上觅食，一会儿悠闲地在抽油机上梳理羽毛，再过一会儿，从抽油机上飞下来，像一片彩色的云彩，从眼底滑过，他的心也跟着飞了起来。

中秋的月亮升得刚刚好，玉盘一样隔着苍穹和人温柔地对视着。山底下，车的尾灯一行一行忽闪忽明，那是一条通往家的柏油路，此刻妈妈应该在热腾腾的大铁皮锅前忙碌着，用小勺搅动锅里的菜肴，妹妹跟在妈妈身后，总是跌跌撞撞添乱。

不知不觉间，他的眼泪和月光一样，无声无息地落满了脸庞。

二

早在安小阳出生的二十年前，有一位叫马丁·路德·金的先生遇刺倒下了，但是有一句叫"我有一个梦想"的话却真正地站了起来。刚满五岁的那天晚上，高烧不退的他被送进医院。在医院醒来时，他闻到一股特殊的气味冲击着鼻腔，那是盖在他身上的道道服散发出的浓郁气味。母亲说，父亲在风雪荒山夜，走了几十里，才赶到医院来。从此父亲身上的油香，袅袅地飘在他的记忆里。

小学暑期，父亲带他来到井场。车子从盘旋的公路向上冲刺，忽然在高高的山梁上，突兀地出现了一匹棕色的马，耳朵一会儿向前一会儿贴紧后背，偶尔俏皮地抖动，长长的尾巴有力地甩动两下。父亲说，马的一生极其艰辛，除了劳作没有完整的睡觉时间。

车向深处颠簸，路两旁的山梁上出现了另一种"马"，这些马三两相伴，五六集中，形态相同，色彩一致，如同孪生兄弟。那些三色马像坚守的卫士，生龙活虎，呈现着万马奔腾的姿态。这些马，有一个让他后来耳熟能详的名字，叫抽油机。他被载到荒凉掩映的井场，平生第一次接近了流淌的石油，嗅到了最真实的油味芬芳。父亲一次次讲着风云际会的沧桑旧事，那是一次次难忘的石油会战。父辈的艰苦创业，正是一首石油子弟为油拼搏、可歌可泣的赞歌。

生命之花，在阳光饱满的季节浓烈绽放。安小阳的成长，见证了马岭川从荒无人烟到繁华鼎盛的过程。那里是孩子们的天堂，下河捕鱼、上树捉蝉，下坑抓泥鳅、上山烧土豆，马岭川留下了他最天真无邪的欢声笑语。后来他们举家搬到西安石油基地，父亲激动的心情溢于言表。

西安就是一个"火柴盒"，方方正正，有棱有角，每一边都有一个客运站，城西城东城南城北。他每次休假回西安的家，都从北站下车；每次上班去大山里的家，都从北站上车。

每次翻山越岭,都坐同一趟车走同一条路。

休假回到西安的家,母亲就开始忙碌起来,该洗的洗,该擦的擦,该买的买,洗了又洗,擦了又擦,买了又买,一家人团聚,欢声笑语,蒸、炸、煎、炒,母亲说这样的家才像个家。

家是什么,父亲说:"哪儿需要我们,就在哪儿住下。一个个帐篷,是我们流动的家;换一次工地,就搬一次家,带走的是荒凉,留下的是繁华。"母亲说:"家是干打垒、土坯房、筒子楼、多层楼,有你们父子俩的地方就是家。"

三

月光如水银般倾泻在大地上,山里的人早已经沉睡,时钟停下了指针,世界也似乎停止了运动。

地93-91井组是这个油矿海拔最高点的井场,门口的石头上雕刻着海拔一千八百五十米的标记。安小阳在这离天最近的地方看守井场,便是与月色为邻的人。

每个月有二十几天好月光,坐在井场门口的石头上,满眼是骆驼山朦胧的夜色。这会儿依着石头躺在洒满月光的石阶上,思念像开了闸的水库一样泻开来。

第一次来井场,车窗外满眼的黄色,黄的沟,黄的崖,黄的路,馒头似的山峁峁裸露着,没有花,没有草,没有树。

在这荒原待的时间长些了,便也学会了苦中作乐。就像这月色下的抽油机，机头是鲜亮鲜亮的黄，身躯是火热火热的红，这些抽油机一上一下地起伏，仿佛你追我赶，呈现着万马奔腾的姿态，像一个虔诚的信徒。

他上大学时喜欢跑步，每天早晨绕着操场跑完五千米。面朝东方，等待日出时刻。

陕北的黎明，开始于一声底气十足、高亢嘹亮的叫鸣声，好像黎明就是从那声叫鸣里开始透亮。如纱的黑暗一层一层褪下山去，惨白的月亮一坠一坠躲藏起来，眼前的世界被勾勒出山水画一样的轮廓。这时鸡叫得越来越响亮，你方唱罢我登场，黎明真正来了。

一夜的黑暗坠入眼前的沟沟壑壑里面，藏觅在黑窟窿一样的窑洞里面。天边先出现一片玫瑰色的云彩，太阳射出一道金光，慢悠悠地攀上来。等玫瑰和金黄融合时，天空便燃起一场大火。侧耳聆听那火焰，噼里啪啦直响。也有阴云密布的时候，他总是会失望，那一天像丢了魂一样。有时锻炼完踢球，一脚踢得过重，飞出去的足球让他满世界地找。

拾掇完毕，他换上红工服，开始巡视井场。这个井场投产时，特车队的吊车、水泥车、压裂车都来了，来的人和设备没有一个闲着的。他自然在这个片段里唱了主角，这边小心翼翼地紧固抽油机底座螺丝，那边观察着抽油机的平衡；这边在抽油机减速板上打油，那边在驴头上刷漆。平日里粗枝大叶的小伙子，每次面对新井投产任务，总能把这个钢筋巨人摆弄得服服帖帖。

坐在山边，历历往事在眼前回闪。一片白云从月亮边掠过，抽油机忽然暗淡了一点，一会儿又恢复了光明。

山下的小溪波光粼粼，那条溪水又浅又瘦，时光像河水一样流逝，把花儿一样绽放的多情时光定格在青春画卷里。拿出手机，看着和女友的合照，想起第一次和女友并排坐在这里，她身上散发着的气息，让他心里如江河奔腾。女友有双漂亮的手，柔软的手掌不薄不厚，手背的皮肤白皙细腻，玉笋般的手指指尖饱满圆润。

他恍惚又嗅到女友身上散发出的醉人芳香，香源是身后的洋槐树上一串串白色的槐花。一树槐花如雪似玉，像月光下撒了一地的碎银，纯净且诱人食欲。

在一年一场雨的陕北高原，长成这样一棵槐树实属不易。如果历史是一条长河，这棵槐树就是历史的见证者。这棵树的年轮里，刻着油田的变迁，流动着油田的血液。洋槐树裸露的树根，像一只巨手牢牢地抓紧大地，静静地开放在沟壑间，给这萧条的井场平添一抹亮色。

四

觅食的白鸽，一声长鸣之后，拔地而起，从井场扑扇着翅膀飞向蓝天。

它们与油井在空中点头示意，向着自由自在的天空飞去。这时油矿的天空，恰似一首秋季大自然的交响曲。

如果坐在飞机上俯视这片黄土地，高原被水冲击后留下的梁峁、崾崄，零零碎碎分布的油井站所，高原地貌把一切的荒芜贫瘠都裸露出来。绿色在这片土地上是一种挑战，生命在这儿也是一种挑战。

他见过这里的一种植物叫沙柳，此物形如火炬，根扎于地下像网一样四处延伸，最远能够延伸到一百多米，一株沙柳就可将周围流动的沙漠固牢。就是这样的植物，夏季还能结出如毛毛虫一般毛茸茸的絮，一片连着一片。

这是小麦，那是谷子；这是苜蓿，那是燕麦；这是土豆，那是玉米。陕北给他上了一堂生动的植物科普课。第一次看见荞麦花开，浩浩荡荡地蔓延，像一坡粉红色云彩，粉嫩嫩的香传出去一两里路。所以现在他的记忆里，荞麦花远远比普罗旺斯的薰衣草更美丽！

午饭他蒸的是米饭，炒两个肉菜，又拿出冰箱里舍不得吃的野菜，改善伙食。陕北的春天，来得晚，五六月份才渐入佳境。淅淅沥沥的雨雾，为山沟编织着乳白色的丝巾。山间野菜露出新芽，揪几筐筛选、烹煮、榨干，冻在冰箱里，哪个季节都能吃出春天的味道。

安小阳一直在寻找陕北生活中的美好东西。这片荒原是向他敞开的，他看得到它的伤痕。这里虽然贫穷，但它能给你它的所有。

他一直喜欢都梁写的小说，读来手不释卷，掩卷思考良久。《亮剑》写得荡气回肠，读得他热泪盈眶。看完小说，无缘无故地想起一句诗来："夜阑卧听风吹雨，铁马冰河入梦来。"诗人在风雨洒落的夜晚，做梦都在想着，一身戎装，骑着战马，跨越北国冰封的河流，同敌人在疆场上厮杀。一群爱国将士，没有倒在炮火连天的战场，却倒在了和平时期，除了惋惜，剩下的就是深深的失望。

钟跃民从北京城一脚踏入陕北贫瘠的土地，他不拘陈规的性格和诗情画意的浪漫，让血色浪漫融入生活。钟跃民只是当时两万五千个从北京到陕北插队知青中的一个，在全国"上山下乡"知青的汹涌大潮中，不知有多少知青艰辛困苦的往事，又有多少缠绵凄凉的故事。

他越来越习惯坐在山头，鸟瞰山下，将风景尽收眼底。盘旋的路上一辆油罐车像只大青蛙，蹦蹦跳跳地拖起尘烟滚滚。暮色下的古长城墙，随着山势蜿蜒起伏，烽火台轮廓依稀可辨。

五

这会儿雪白雪白的云，如一尊大神从山峦后缓缓飘出。陕北的云像吸饱水的海绵，贴着山顶冒出来，低得仿佛举着杆子捅一下就能下出雨来。云拉上宽幅的棉帘子，把太阳挡在背后。

　　天色开始发暗，那头骡子也不再像先前那样安静，焦躁地刨起脚下的草皮。远远的山头明亮地燃烧起一道闪电，闪电刚刚收尾，一声深沉的雷声远远地传过来，震动着传到身后去。雷声渐渐地更紧更密，一声声锐利清晰，闪电如一只八爪鱼的触角胡乱挖抓着大地。

　　雨下来了，滂沱如一堵密集的墙。这场大暴雨下了半个小时，它突然从天而至，突然间又戛然而止。现在除了一两声微弱的雷声在远处山崦间徘徊，四下又恢复了往常的寂静。

　　人在陕北，如果要给这里赋予一个意象，他想那不是滩地里的砍头柳，也不是崖畔上的酸枣树，它应该是在你不经意的午后，从你的脚下缓缓飘过的羊群。羊群是这片大地上移动的云朵，让这座高原有了不一样的轮廓。

　　这里盛夏的夕阳、隆冬的白雪、晚秋的荞麦、初春的杏花，都是他喜欢的；他还喜欢文字的开疆拓土、思维的天马行空、独处的自由自在；喜欢清晨的露珠晶莹剔透、正午的向日葵耀眼夺目、傍晚的月季暗香扑鼻。

　　身边的旅伴如车窗外的风景换了一轮又一轮，他的口音不再是家乡的口音，是石油圈的石油白话；他的重心不再是家乡的县城，是石油上的世事人情。有诗云："年深外境犹吾境，日久他乡即故乡。"或许以后的故乡，不再是一方真实的地域，而是一方能让心安息的土地，就像现在脚下踩着的这片黄土地。

来这里的养蜂人，是一对父子，父亲憨厚，儿子机灵。凑到蜂箱前，跟父子俩聊上几句，两人的话跟蜜似的一下子变得黏稠，话稠得他插不上嘴、拔不开腿。

一年到处走，就怕耽误了花期。月月年年，当一个地方花季结束，他们就会拔营起寨，奔赴下一个地域。内蒙古的向日葵花、山东的枣花、甘肃的槐花、陕西的荞麦花、广东的荔枝花，不同的地域，不同的生计。

父亲说话时，儿子一直拾掇着酿蜜工具——摇蜜机、巢框、铁桶。一会儿他拿来一张浅黄色的巢框，渗出来的蜂蜜有种诱人的琥珀色。他说一只蜂箱里有几张巢，每张巢可以摇出三公斤的蜂蜜来。放入铁桶中，转动摇柄，浓稠的蜂蜜便汩汩地流淌下来。

"你尝一尝吧，甜！"儿子说。蘸取蜂蜜品尝，琥珀色的蜜汁顺着手指流到安小阳的嘴里，香味浓郁。那是荞麦花的清香味道，站在荞麦花的前面，品尝荞麦花的精华，这种香味越发饱满。

帐篷的门敞开着，床板一张，水桶一个，锅碗瓢盆，就是全部的家当。走进帐篷，他的鼻子几乎浸没在甜蜜的气味里，这个帐篷里所有东西都敷上了一层薄薄的甜味，连空气都有些黏滞。

回去的路上，大风渐起，走出了好远，他回头拍摄了一张照片：一顶帐篷，一只黄狗，百十个蜂箱，一字摆开在花海边缘，无数个忙忙碌碌的精灵，陪伴着孤寂的养蜂人。世人都夸蜜味好，釜底添薪有谁怜。

也许这世间，令芸芸众生瞩目者，往往就是把生命放置于低处，而把灵魂放在高处的人了。

六

深一脚还踩着长安的关中大地，浅一脚就站到这块与邻国接壤的黑土地上，安小阳深一脚浅一脚地怀着向石油朝圣的心情，来到大庆。

目之所及，一马平川的东北大平原，白杨映衬着云淡天高，遍布油田的磕头机马不停蹄。原以为抽油机都一个样，只在油区一线里才会集中出现，到了大庆才发现在大街小巷、铁路两旁，都散落着一台又一台磕头机的身影。

第一次漫步油城大庆，清新的空气沁人心脾，那里没有大都市的喧嚣，安静内敛，又充满生机。印象最深的是铁人，顺着四十七级台阶，一步一步抵达生命垒砌的雕塑，听见钻机油流的旋律，回荡石油交响曲，他纵身跳进泥浆池的感天动地，把铁的精神，刻进岁月风云，坚硬无比。

铁人头戴鸭舌帽，手握刹把，目光坚定。他是这个城市的魂，大庆的每一寸土地都深深地打上了铁人的烙印，城市中各个角落都伫立着以铁人名字命名的建筑，铁人纪念馆、铁人广场、铁人桥。安小阳默默地站在雕像前,沉浸在回忆之中,猛然间雕像化作了一座丰碑,顶天立地。

如箭的阳光和有形的声音,在他心中交融,一下子就把一天的时光点燃了。大庆行,不仅是石油的金戈铁马,更是思想的短兵相接。那两天时间的研讨既快又慢。快的是,时光不知疲倦地飞越他的千山万水,像离弦之箭一样带走有限的白天和黑夜;慢的是,文学的种子从播种入土,到生根发芽,到开花结果,需要一个漫长的过程。

动车窗外一切还是那样熟悉,窗外还是倒退的风景:靠站的绿皮火车陈旧,拉着行李的行人步履匆匆,深秋的农田玉米干枯;一座座城市楼宇林立,一排排柳树绿叶泛黄,一根根烟囱白烟肆虐。他还在飞越牛羊满地的东北大平原,还在大庆地平线上看太阳升起后的车如流水马如龙,还在领略作家巅峰论坛的谈笑风生。动车座位的桌板上,还放着那本《国家与部长》,书里的篇章就像激情燃烧、战天斗地、催人奋进的电影镜头,余秋里受命于危难时刻的事迹和大庆精神,直击心脏。

一路向北,他嘴边一直回旋着一句话:"爱能让人骄傲如烈日,也能让人卑微入尘土。"

七

张爱玲说:"每座城都有独特的味道。"榆林这座城虽小巧，却自有风骨特色。傍晚光线疏朗，这座城像塞上边关托起的一朵七色花蕾，迎风摇曳，舒缓娴静又不失威仪的姿态。

明长城下的刀光剑影被时间洗涤，烽火狼烟化为宁静。明朝1607年，长城内外战争的悲壮和残酷，"可怜无定河边骨，犹是春闺梦里人"的场景，让巡抚涂宗浚下决心驻守榆林，保边安民，修建镇北台。他主张建好镇北台后，从榆林至定边，修筑工事加强防守，一旦有匈奴来犯，士兵在墙台之上居高临下张弓发矢，便可轻易守护家园，这才有了现在的明长城。这座台子依山据险，巍峨挺拔，让饱经过忧患，受尽了磨难的榆林人得到了安定喘息的机会。

站在榆林镇北台，一览它的浩瀚与无垠，一座连着一座的沙丘黄绿相间，一座连着一座的烽火台蜿蜒盘旋。从榆林古城缓缓前行，斜射过来的暮阳余晖迎面扑来，历尽沧桑的榆林古城风貌，波光粼粼的榆溪河流，环抱在独特的塞外风光中，这座城纯净如水的空气，透明澄碧的天空，都可以掬于手指间。

车子如马儿一般，横穿过蜿蜒起伏的戈壁，重重叠叠的戈壁深处，如诗如画的榆林气田，一根根黄色的天然气管线均匀地排列，像一根根强劲搏动着的动脉血管，向共和国的四面八方输送着清洁能源。

这片富饶的土地，敞开火热的胸膛，毫无保留地把积淀亿万年的丰富宝藏奉献出来。无定河畔搭帐篷，长城内外探宝藏，年轻采气工的身影，在夕阳里是燃烧的火炬，晨曦里是跳动的火焰，一张张青春笑脸，犹如胸前的宝石花一样金灿灿。

佳县白云山下的黄河，如裙带紧紧缠绕在墨绿色的苍柏丛林下。站到山顶放眼四望，威严的古松牌楼，宏伟的真武大殿，山坡人家的袅袅炊烟，一景扣着一景，一环连着一环。一群不知名的鸟儿飞来，绕着白云观的上空盘旋鸣叫，给这片胜地增添了几分神秘。

榆林古城的豆腐宴，粽叶豆腐香软，慢炖豆腐可口，红烧豆腐醇厚，让人垂涎不止。吃完饭，月色姣好，沿着古街随意走走，街边的院子里，榆树托着串串榆钱，喜滋滋地伸过墙头，黄灿灿地舒展身子。车灯犁开一缕墨色，走在古街的夜色中，像走在这座城几百年的无声电影里。

安小阳第一次走进这座城，白云山的蜻蜓点水，镇北台红日映影，榆林无限的胜景被镂刻在记忆的底板上。当他告别榆林酒一样醇香的情意时，这谜一样的驼城，胡马北风，又一次从明长城嗒嗒响起。

八

月光，像散落在地上的诗行。

起风了，安小阳站在高塬山巅，张开双臂闭上眼，让风从腋下呼呼地钻过去，想象着自己飞起来了。这样的夜，世界只剩一个人，你高歌一曲都会消逝得悄无声息，好像一滴眼泪掉进大海里。

　　睡觉前，安小阳又到井场转了一圈，把一天的工作在脑子里过一遍，把明天要干的活记了下来。睡觉时，房门开着。井场上有动静，鸽子有声响，便可以冲到井场。

　　"晚安——"安小阳从石阶上起身，披了一身月光。

　　山静悄悄，井静悄悄，鸽子静悄悄。这里的世界静悄悄。

上一道道坡坡下一道梁

一

贺衍从省城西安来到陕北王家坪，结识了王老汉，也学会了信天游。信天游学起来简单，唱起来朗朗上口，唱完了，却由不得人不悒惶。

"上坡坡那个下梁梁，上一道那个坡嘞坡哎哟哟哎，下一道道梁……"

这声音高亢明亮，伴随着脚底下扬起的尘土，有淳朴的舞台风格。贺衍在村口的大榆树下跑步，看见唱歌的王老汉，赶紧把他背上的猪草背篓接过来，放到榆树底下，叹了口气。

王老汉把驼背梁靠在榆树上，掏出一袋烟丝，取出一溜纸，三根手指伸进袋子里揪出一撮烟丝，撒匀后卷起。快卷完了，手指在嘴唇上抿一下，将纸黏合后摘掉一截多余的烟尾巴。他把细的那头含在嘴里，从上衣口袋里摸出火柴，哧地划着，两只手拢在火焰上，点着粗的另一头，深深吸了一口，这才长长出了口气。那浓烟顺着褐色的脸颊，往上升；汗珠子劫持着尘土，往下滚。

王老汉是贺衍到王家坪后的第一个扶持对象。第一次去老汉家，日头挂在屋檐上，院子中荒草埋过脚面，低矮的土房边堆着玉米棒。他弯腰进到土房里，迎面扑来一股恶臭，他想呕，退步到门外去，但还是忍住了。房里电灯泡微弱，炕上又脏又乱。炕边边上的老汉，正拿着盆子接屎尿。看到忽然闯进屋里的不速之客，床上的人警觉地一缩身，把没截掉的下肢藏进被子，老汉端着屎尿盆扭头出去了。

贺衍出到屋外，村主任王葛蛋忙解释："老汉的儿子，去年到富士康打工，结果祸从天降。一家人指望儿子行孝，现在却成了残疾，躺在炕上。重病的母亲受不了刺激，去年去世了。"

这时，王老汉走过来，看到贺衍的脖子和左脸，愣了一下。王葛蛋介绍："这是新来的驻村书记。"

"鹅这光景，恓惶得很。"王老汉一口方言，贺衍没听懂，他望向王葛蛋。

王葛蛋膀大腰圆，声如洪钟，往院子一站不怒自威："鹅，是方言。鹅就是我，我就是鹅。"

王老汉再没吭声，进屋关了那扇门。贺衍也大致明白了，人家看着他这个新来的年轻人，冒冒失失不说，话都听不懂，也就没有了交流的必要。听着那扇木门发出的吱嘎声,又扫了一眼长了荒草的院子,他后背发凉,感到没来由的一阵恐慌。

来榆林米脂县之前,找他谈话的李雪松说,榆林是石油工业的福气之地,气贯长虹舞油龙,咱们采的油气,都来自于这片土地,咱们有责任让老乡过上好日子。那是前一年的夏天,那天的事像刻在心上一样清晰。前天晚上和妻子吵完架,他抱着被了在小卧室委屈到天亮。早上要杀过西安那条人流汹涌的街道,和那之前三年的每天一样,都要经历一场残酷的地铁之争。那天,他又输了。8点过了6分钟,他才从那个地铁的战场口厮杀出来。正要进机关院子,口袋里的手机振动起来,他心里咯噔一下,连忙接通电话,听筒里说:"李处长一大早找你,怎么还没到?"跑进办公室放下东西,他拿起本子就往楼上的处长办公室跑。

李雪松是扶贫办主任,小个头,奶油脸上戴着小眼镜,睿智精干。他没有往日的严肃,竟然给贺衍倒了一杯茶,拍着他的肩膀:"坐,慢慢说。"

这让贺衍心里像针挑了一样,觉得握在手里的茶杯盛满熔岩一样烫手。李雪松笑了笑,让他放松些,别绷那么紧,然后拉家常地问了一番最近的工作、生活琐事。他都一板一眼地回答。问完这些,李雪峰忽然说:"你是哪个大学毕业的?"

"西北农林科技大学农学专业,一直在对外协调办公室。"

"这就对了,现在有个工作和你的农学专业对口。"李雪松给了他一沓资料，又介绍，"我们国家的扶贫攻坚你知道吧，中石油派出了七千多人，深入扶贫攻坚的主战场，帮助革命老区贫困人口脱贫。"

李雪松喝了一口水，接着说："但扶贫任务依然艰巨。眼下，榆林王家坪村需要一位驻村书记，你不仅年轻、专业对口，工作也踏实。班子一致推荐你去，如何？"

"驻村书记？"

"你考虑下，考虑好了随时可以出发。"李雪松说完，掏出烟盒摆在桌上，手里拿着一只不锈钢打火机，开开合合。

他的心里微微颤了一下，忽然感觉这些话像齿轮摩擦那块火石，点燃了空气中飘散开来的打火机汽油，让他的思想也剧烈燃烧起来。

从小生活在农村，农村他是熟悉的，但是从农村出来，在长安有了自己的房子，算是在这座千年古都扎下根，现在又回到农村，不就跑回原点了？参加工作就在一线，基层他是熟悉的，从基层调研论证，熬夜加班，做演示文稿爬进机关，现在又回到一线，一切不都化为乌有了？周末吵架的导火索也是这个旧题，妻子想要个孩子，他想都努力奔跑了三十四年，再不加紧脚步跑下去，工作的终点站也只能是副主任科员。他一路从农村跑到西北农林科技大学，又冲刺上了研究生。马拉松一样的赛程跑到这里，他有自己明确的歇息终点，孩子绝对会是奔跑路上的负担。而即将成为大龄孕妇的妻子，便开始碎碎念，这让他即将进入的美梦成了泡影。

"我考虑了，我……"贺衍话还没说完，李雪峰嚓的一声合上打火机的金属盖，打断了他的话，"咱们都是从农村出来的，如果有机会，我也想冲在扶贫攻坚第一线。"

"我还是有些顾虑。"贺衍硬着头皮说完意见，感觉心里的那团火眼看着就要灭了。

"组织上对扶贫有贡献的同志，以后会重点考虑的。"李雪峰打开打火机盖子，往座椅上靠了靠，点着了一根烟吸起来。

贺衍脸红心跳，被人看穿的窘迫让他额头上的汗珠子像煮沸的红油火锅的油汁往外冒。心里又燃起的那团火让蒙在脸上的烫伤露出血红的细丝。

想着这些，贺衍摸了下那片蛤蟆皮一样的伤疤，苦笑了一下，对王老汉说："鹅现在也会唱这信天游了，就是换气不匀。"

王老汉以前当过兵，说话像陕北说书："咳，调儿是老调，词儿是老词。年轻唱的是咱的心劲，今儿个唱的是咱的穷日子。"

"这坡再陡，咱们一起爬，总会有翻过去的那天。"贺衍抓了一把土，靠着榆树下，也喊了一嗓子："远远地看见你不敢吼，我扬了一把黄土风刮走；山挡不住云彩，树挡不住风，神仙也挡不住人想……"

二

　　三月，山里春色姗姗来迟，西安樱花遍地，这里还是煞黄一片。

　　翻过村子东山的两道梁，就到了山地苹果实验园。园子朝阳，占地十亩。王葛蛋在地里修剪果树，贺衍搭把手压住树枝，对长得旺的枝条进行剪除，保证坐果率和质量。这些技术要领，是农大技术专家手把手教给他的。眼看着枝头挂满鼓鼓的花苞，王葛蛋把果树伺候得比媳妇还舒服，摘心、短截、别枝、扭梢，每一道工序都细致入微。

　　第一次来村里，他介绍自己是来扶贫的干部。王葛蛋看见他，没有像别人那样刻意避开眼神，而是爽快地握了握手，问他咋弄的。面对这么爽快的人，他再不爽也要爽快回答："嗨，小时候，爬上灶台上被开水烫了。"王葛蛋说："我这耳朵，被雷管炸了，右边的不好使。"随后，两人加了电话和微信，但王葛蛋一直不认识贺衍的那个"衍"字，他也放弃了说清楚的想法。从小到大，十个人里有九个认不出，但老爸认准了算命先生，死活也没改过来。他就把名字编成短信，发到了对方的手机上，结果王葛蛋说："你是来扶贫的，我就存个贺扶贫吧，这样叫着也方便。"没想到，这个名字在村里叫顺了，张口闭口贺扶贫。后来李雪松下来检查调研，也会远远吆喝："贺扶贫！"若问他大名，王家坪的人多要挠后脑勺了。

"贺扶贫，你来啦。"王葛蛋笑着抹了把汗。

"来看看这些树长得咋样，还想给你商量个事。"贺衍拿剪刀修剪起果树。

"啥？"

"我想动员王老汉，也种苹果。"

"这事不好办。"

"怎么不好办，你说说看。"

"说起来，王家坪的事都难办，给你说个最简单的，我上任做的第一件事，是对贫困户的精准识别，咱不能保证百分之百的精准，起码要对得住良心。有个村干部乱投票，把亲戚评上了，我黑脸唱到底，硬把人劝退了。一些人就骂，你一个小支书真能装大尾巴狼，还扬言再较劲就要亮刀子给我看。"

贺衍吃了一惊："真有人威胁你？"

"村里的事，都是芝麻绿豆大的小事，我说话声大爱嚷嚷，大家也不爱听。耿军军当年和我竞争村主任，以一票之差落选，三天两头地找事。真要说要狠的，我没怕过谁。最恼火的，是他在网上发帖子，说些无中生有的事。"

贺衍听得心惊肉跳："咱们行得正，就不怕他上蹿下跳。"

"我说不好办，还有一个原因。前些年，村里的老人出门没衣穿，穷怕了；吃不上白面馍，饿怕了。"看到驻村书记眉头皱得和眼前的沟一样深，王葛蛋反而笑了，"你一来就让大伙种山地苹果，乡亲们两只手插在袖筒里观望，我站出来种了这苹果实验园，总得支持你工作呀。"

"咱这地方一年光照超过三千小时，昼夜温差在十摄氏度以上，全年气温不超过三十摄氏度，适合山地苹果树生长。"贺衍背书般把这些数据背了一遍，眉头这才稍稍舒展开了，"你相信我，相信科学，等大伙看到钱挂到树上了，都抢着种苹果。有了钱，还怕吃不上馍。"

看贺衍咧着嘴，王葛蛋也跟着笑："那这样吧，咱分个工，我去乡里争取补助和免费树苗，你负责做村里的工作。"

话音刚落，远处道上来了一辆架子车，拉车的正是王老汉。掉了皮的车轱辘缺油，吱哇乱叫。车厢里的大粪装得冒了顶，王老汉晃晃悠悠，像打安塞腰鼓。贺衍见面就搭上手，王老汉瞥了眼他，继续低头拉车。

贺衍说了种山地苹果的想法，王老汉朝着路边吐了口痰，子弹一样嗖地钻进黄土："你……让鹅也种苹果？"

"种上几亩苹果试试！"

"年轻人二杆子，光顾嘴上的功夫。"

待了一年多，现在贺衍也听得懂，村里的方言"二杆子"，大意是年轻人爱冲动不靠谱，他听了也不生气，"咱们的气候，不光能种庄稼，还适宜种山地苹果，哪样变钱种哪样嘛。"

王老汉其实不老，刚过半百，只是驼了背，看着比别人老一大截。此刻他看着眼前的土路，绳子一样绕在山坡上。他回头望了一眼卖力推车的人，把车停下了："后生，鹅活了半辈子，除了当兵的几年，俩脚都沾着这黄土。你抬头看看眼前，这是个甚，这黄土洼上能栽出苹果？就是那果子长在树上，你低头看看脚下，这是个甚，这路能把种的苹果拉出去？"

王老汉一口气没上来，剧烈咳嗽，整个身子都跟着抖动。心里跟贺扶贫干着仗，便弯腰拉着车往地里赶。走了一半，回头见贺衍没跟上来，便叫起来："你不给我推车，戳到那干甚？"

贺衍听见了，抹了一把眼里的泪蛋蛋，跑上前推着架子，闻着鼻子边浓烈的气味，眼泪噗噗掉进尘土里，砸得他心疼。他带着特困户参观外乡的苹果园，请城里的技术专家讲种植优势，但真正让他们刨坑种树，他们说这是给自己刨坟。种植苹果树的项目，是他去西北农林科技大学请教研究生导师，导师选出的最优致富项目。这不仅是科学，也是导师在农业系统的权威，但现实就摆在面前，乡亲们只看眼前的实在，不看发展的红利。像导师给他说的最后一句话，项目说到底，还是要有人干，群众不想干，做通思想工作比技术更关键。

眼下，如何迈过这道坎，犹如蜀道之难。

翻过山，来到王老汉的地里，王老汉把大粪堆成堆，盖上虚土发酵，等着下月种农作物。见王老汉正撅着屁股翻土，贺衍挪脚下地一起干。他不死心，试探着说："去年带你们参观，你也看到了，苹果真的能变钱，而且，咱的苹果实验园，今年就能挂果。"

"鹅不信。"王老汉还是那句口头禅。

"咱这地好，地下能产油产气，地上也能长钱。咱守着金山，就要想法变出金子来。要是种苹果，少说一亩也能挣八千。"贺衍说了这么多话，见没人吱声，扭脸一看，王老汉早没了人影，架子车都丢下不管。他挥起铁锹，把一块土疙瘩拍成了碎渣渣，"你是我的第一个扶贫对象，你都没脱贫，我怎么带大伙脱贫奔小康？"

山里空旷，这声音轻得没有一丝分量。过了一会儿，山坡下面吹上来的风里，带着一段歪歪扭扭的调子：

"渴了喝凉水，饿了吃干粮，想哭鹅就哭，想唱鹅就唱。"

三

天麻麻黑下来，贺衍拉着架子车回到村支部，院子里的路灯，像老人打盹时的眼睛，忽暗忽明。院子的石凳上蹲着一个人，嘴角的一颗火星星，忽明忽暗，走进了才看见是王葛蛋。

"下午打你电话，一直不在服务区。看你这样子，出师不利呀。"王葛蛋说。

"唉，别提了。"贺衍喘着粗气，"你啦，情况咋样？"

"今天跑了几个部门，都说在向县里争取补贴，让等消息。"王葛蛋把红色的火星丢在地上踩灭，跟着贺衍进了村支部的会议室。

屋子里的桌子和凳子，跟城里机关的会议室并无多大差别。贺衍喜欢在这里办公，就像喜欢用办公室带回的那个不保温的杯子一样，一方面是没时间去镇上买，还有一个很微妙的心理，是想被省城蔓延的余温裹得更久一些。拧开盖子，一口气喝下多半杯水，果然从嗓子凉到胃里。这让他感觉自己和省城那些人，像反向而行的两趟电梯，别人都在上升，而他在无限靠近冰凉的地面。

想起省城机关，贺衍又伤感起来，便坐下絮叨，听着又像是自言自语："我大学毕业后，分到了采油一线，那时天天和油打交道，从班员干到班长，从班长干到干部，以干部身份到了厂机关，西安的局机关。我承认，处长找我的那次，最后的口头支票让我心动了，他后来还用了一根烟的工夫，肯定了我五年来的业绩，像给我颁发了一个口头表彰。来了村里，忙得两只脚团团转，我吃过最香的饭是你家的那盆排骨烩菜。那天饿得前胸贴后背，那盆菜摆上桌，浓郁的香味顺着热气冒起来，直往鼻子里钻。现在每天忙完，能凑合着吃一口热饭，就烧高香了。"

微凉的会议室里，王葛蛋披着衣服给贺衍添了一杯水，像感冒时冲的一包冲剂。他重新坐回对面的座位上，在缭绕的烟雾中充当似懂非懂的倾听者。

"说实话,唯一受不了的是想念。结婚前,我也谈过几个女朋友,但感觉还是现在的女人好,她个头不高,脾气却温柔,主要是不嫌弃我这个没房没车没长相的穷光蛋。我们在单位的宿舍结婚,又用一分一分攒下的钱,付清了单位福利房尾款。小日子过得穷了些,但也甜蜜。直到我决定来这里,一切都变了。她听我说要来驻村当书记,傻傻地问是不是因为吵架,想离家出走。我说了自己的想法,她第一次吵着要和我离婚。说来好笑,在一起时吵架,分开倒是挂念起来。刚来时每天视频通话,视频流量每月超出两百多元,她还说晚上睡觉,耳边没了我的呼噜声催眠,睡不安稳。但这几个月,我每天聊扶贫、致富,她聊减肥、休闲,聊得牛头不对马嘴,聊不来几句就挂了……"说着话,贺衍渐渐感觉眼皮有万斤重,用千斤顶都撑不住,还是沉沉地往下降,脑洞里嗡嗡地发出回音,头一点一点靠近桌面,猛地抬起来,又掉下去。终于,眼前黑暗一片,身体像掉进了深渊。

王葛蛋低着头抽烟,忽然听不见说话的声音。抬头,看见讲故事的人,额头抵着桌面,像中了迷烟的人一样,昏死过去。他刚要过去,就听见对面传来让某个傻女人夜里都馋的呼噜声,便对着空气一顿拳打脚踢。时间显示2点20分,他把手机、钥匙摆在桌上,并起两把椅子,和衣睡下了。

第二天,贺衍被一阵剧烈的振动摇醒,等意识到那振动是从对面桌上的手机里传来的，他愣了几秒钟，这才喊了几声王葛蛋，那边窸窸窣窣地从桌子下伸出一只胖手，摸到了桌上的手机。等那振动消失，他枕着胳膊，强迫自己闭上眼睛，重返昨晚未完成的梦里，可脑袋的倦意抵消不了身体各关节的疼痛，他没法再次走进那场梦里，就像进入不了一场断网后重新连线的游戏残局。

忽然，对面嘭的一声，王葛蛋挥着手机喊："哈哈，有了!"
"啥有了？"他一头雾水。

"优惠政策，种苹果推平地，每亩补贴一千二百元，打坑拉枝，每亩地再给补贴五百元。"这时地上的人已经爬起来，"县上刚刚通知的文件，让我们挨家挨户宣传。"

贺衍心里咚咚跳，血往头上涌，他猛地站起来，忽然感觉从脚底到大腿根，麻酥酥的跟过电一样，像手里握着电线一般。他和王葛蛋一对眼，都望向了那台村里的广播。

太阳刚刚挂在榆树头，村里被广播吵醒的男女老少，聚在村委会院子里，耿军军却蹲在门口的大榆树下面，好像要看场名角出演的秦腔。贺衍捅了捅身边的王葛蛋："成败在此一举。"

王葛蛋走到门外，把那副天生的大嗓门当广播："乡亲们，今儿个叫大伙来，是有个天大的消息，请我们的贺扶贫书记宣布!"

人群安静下来，贺衍拍了拍胸口，深深地吸了一起口气：

"乡亲们，我是中石油的驻村干部贺衍，大家口中的贺扶贫。咱这地好哇，地下能产油，地上也能长钱。咱守着金山，就要想法变出金子来。要是再换一样种，一亩少说也能挣八千！"他把那天王老汉没听到的话，又说了一遍。

安静的村民，开始议论，有人喊："你说的那些鹅们不懂，种瓜得瓜，种豆得豆，咱种金子？"

"呵呵，金子还得炼，咱这宝贝疙瘩，摘下来就是钱！"王葛蛋说。

"啥宝贝，还不是苹果蛋！"人群里发出一阵笑声。

"苹果树，摇钱树。这经过科学论证，不是我们村干部要搞扶贫的政绩。"王葛蛋着急解释。

这时，耿军军走进来问："那要是结不出果，我们咋个办？"

"还能咋办——干瞪眼。贺扶贫书记是大学生，下来镀镀金。时间满了，一拍屁股溜了。咱还不是面朝黄土背朝天。"眼看着人群里的呼声浪潮一波高过一波，王葛蛋着急地跑进会议室，看见僵在话筒前面的人，两只手抠得发白，身体剧烈地抖动。贺衍缓缓吐了口气："今天叫大家来，还有一个好消息，就是县里下了通知，凡是种苹果的地，推平每亩补贴一千二百元，打坑拉枝，每亩再给补五百元。这说明啥，说明政府已经大力推广苹果种植了。"

这时几只喜鹊吱吱嘎嘎地落在榆树上，这声音在安静的人群上空，格外响亮。

再听话筒里传出的声音说："你们和我的父母一样，我也和你们的孩子一样。我从小自卑，每到一个地方，大家都要盯着我的伤疤看。我知道大家现在看我的眼神，已经当我是自己人。我今天给大家承诺：你们不脱贫，我就不要回家，我就不信过不了这道坎！"

话说完，黑压压的人群一片寂静，倒是树上的几只喜鹊吱吱嘎嘎热闹起来。王老汉先喊了一声好，接着一声接一声地叫好，惊得喜鹊扑棱着翅膀朝村东边飞起。

四

黄灿灿的榆钱开满树，单位通知驻村书记回去开会。李雪松夹着笔记本走进会议室，还没落座，先吸了吸鼻子，会议室里有一股怪味。当他反应过来，那些气味是从一个个驻村干部身上散发出来的，便仔细打量了几个人，他们的衣服上沾满泥巴，脸颊黑里透红，头发盖住了耳朵，个个像逃荒的野人，便开了句玩笑："我小时候也经常闻这味道，这说明大家真的和乡亲们融到了一起，就凭着你们身上的这些变化，每人都能记一大功。"

会议室里的几个人，相互看了看，也不由得笑出了声。贺衍左右望了望，他们身上确实已经没有了机关上班时的模样。

而这种变化，他竟然没有丝毫察觉。

"叫你们来开会，有两件事商量，一是中石油扶贫办和市政府这个月要送粮油物资下来，先要做好发放前的摸底。二是市政府提出推广以湖羊为主的'双千万羊子'规划。湖羊肉质鲜嫩、品种优良、繁殖周期短，很适合你们几个村的养殖。"

驻村书记们听了，像村口榆树上的白翅膀喜鹊，叽叽嘎嘎："项目什么时候到位？"

"你们回村去，抓紧摸排调研，每个村结合实际报一个方案，"李雪松拿着打火机敲了敲桌子，示意大家安静下来，"中石油帮助每个村建羊场，扶持村民养湖羊。"

"眼看着村里的特困户扶不起来，这真是雪中送炭。"贺衍说。

"中石油着力产业扶贫、智力扶贫、医疗扶贫和民生扶贫。"李雪松字正腔圆地说着，"我的要求就一点：要活用这些政策，秉持精准滴灌。帮，要帮到最需要的人；扶，要扶到最关键的点。大家有没有信心？"

"有！"

"脱贫致富奔小康！"

"一个人都不能少。"

"赶着羊儿闯幸福。"

"翻最远的山，爬最陡的坡，他们不脱贫，我们不回家。"

……………

听见大家的回答，李雪松笑了。他站起来说："为了犒劳你们，单位买了一只黑山羊，晚上请大家吃羊肉。"

几个人拍着巴掌，贺衍却匆匆站起身："我就不吃了，得先回趟家，明天赶回村里去。"他也不想听大家背后说什么，站起来就往外走。走出门时，李雪松说："听说你们村已经开始种植苹果了，做了不少工作吧。"

"已经开始大面积种植，目前种了一百四十五亩。"贺衍一五一十地回答。

"有什么困难就提出来，我们一起克服！"李雪松说完握了握他的手。

看到贺衍回来，妻子按捺不住激动，眼里闪着星星点点，绕着他转了一大圈，随后就把他推到了浴室里。洗完澡，拿起手机，一条天气预警消息出现在屏上，一场覆盖全省范围内的倒春寒即将来临，气温骤降二十多摄氏度。这让他的心又绷紧了。坐在餐桌前，看着丰盛的晚餐，心不在焉。妻子在厨房和餐厅来回穿梭，欢快雀跃："明天，我们先去看电影，逛商场，然后泡温泉，吃西餐，我都预定好了。"

"明天，要回村里去。"他知道，这话不可避免。

妻子背对着他，举起食指，左右摇了摇。

"苹果正是开花季，要做好防护。"他艰难地说，"而且，有个新的湖羊扶贫项目，要回去调研。"

"你驻村多久了，陪过我几天？"

"再过一年，我就天天陪着你。"

"我们就待几天，好不好？"妻子直直过来，"你老这样，是不是外面有人了？"

"呵，我哪有那闲工夫。你要怀疑，我就真找一个给你看看。"

他转身走出家门，路过一家杯具店，眼睛被橱窗里摆着的一个保温杯吸引过去。

等到了城墙边，看到"西安火车站"几个大字，他的脚就像不是长在自己身上，抬脚就进去了。从取票机刷出的长方形硬质车票，写着从长安到榆林是十一个小时的车程，夜火车能节省一天的时间。候车室人不多，空气微凉，每次广播完火车到站的声音后，脚下都会经历一次轰隆隆的震动，就像闪电过后的雷声。这列火车就是蘸满夜色的一支笔，绿皮车头顶着两盏昏黄的车灯，慢慢地冲破雨雾缓缓驶入站台，这缓慢的节奏仿佛也放慢了火车进站的鸣笛声，这低沉厚重的声音，似乎要拉开帷幕一样厚重漆黑的夜色，像张继笔下寒山寺里夜半的钟声，一声一声传到深夜熟睡人的耳畔。

火车慢悠悠地驶过身边，拉着箱子的妇女首先开始动起来，她跟着车的方向快步移动，忽然间好像带动了身边的人们，有人抱着孩子拉着四轮的箱子也奔跑起来，越来越多的人从他身边经过，好像一波一波潮水把他淹没，人们追赶从身边滑过的车厢，好像追赶时间的脚步，生怕被这趟午夜的慢火车遗忘。7号车厢001中铺，穿过此起彼伏的呼噜声，复杂难辨的脚臭味，终于把身体紧挨到那个座位之上。

借着车厢里微弱的一丁点光，依稀能看见堆在床铺的零食和啤酒，但就是这样的美食，也调动不了他的味觉神经。夜深了，黑夜阻挡了眼睛的距离，也延伸了想象的空间。在王家坪待久了，让他对陕北有一种难以言喻的喜爱。那里在蓝天白云的映衬下，显得寂静而空旷，被阳光、枯草、麻雀稍加修饰，清新不失大雅。如果要给陕北赋予一个意象，他想那不是滩地里的砍头柳，也不是崖畔上的酸枣树，应该是在你不经意的午后，从山脚下缓缓飘过的羊群。顺着羊肠小路跑步，时常就有山顶的烽火台跃然立于眼前，那些伫立在明长城遗址上的烽火台，风萧萧雨寒寒，在光阴之剑下未坍塌破败，早已浸入了将士的军魂。"壮志饥餐胡虏肉，笑谈渴饮匈奴血"的气魄，根植在土台之上，才让那些烽火台不倒。有次在暴风雨来临前，看到黑云滚滚的天边，往日的那一排排烽火台，分明在呼啸的冷风下声音呜咽，那是羌笛的声音，是万马奔腾，是"但使龙城飞将在，不教胡马度阴山"的气魄。

人在陕北，他时常躺在地里，身边细细碎碎的野花一片一片，扁豆大小的花朵俯下身子才能看得清晰，花瓣六片，颜色浅白，但是开成篮球场一样大小的规模，也甚是起眼。他印象里这种花花期短，开半个月最多二十几天。小花储蓄了一年的力气,鼓足了劲摇曳着漂亮的小花蕊,迎接属于它的花期。头顶的天蓝得好像倒扣在眼前的湖面,盯着看久了都能刺出眼泪。怎么会有这么干净的天空,人都能从这面蓝色的镜子里映出自己的模样来。那时世界,和此刻一样只剩他一个人,吹过脸庞的风只为他一个人而吹,穿过胸膛的阳光只为他一个人而温暖,纷乱的鸟鸣也只是让世界显得更幽静。

火车开动时铁轮和铁轨的对抗让车厢间歇性地颠簸,他在睡与醒之间昏昏沉沉。凌晨3点的此刻,在火车车厢的连接处,有人在吞云吐雾。透过玻璃窗,他看到里面映出一张憔悴的脸,干草一样的头发罩在头顶,这让飘浮的烟云都有了不一样的压抑。

天亮时,贺衍站在这个被誉为中国"科威特"的边关城市,深深地吸了一大口冰凉而新鲜的空气。回村的路像泥浆池,前不久刚下过一场透雨,路面被雨水浸透。曲里拐弯的"之"字形山路,像软绵绵的绳子绕在山坡上。爬过这座山,才能下到山背面的村子里。站在山顶看乡亲们的房子,像顺着山坡滚下来的一簸箕豌豆,错落不一地撒了半坡。村里的人正在做晚饭,几缕炊烟升起,这让村子像塞上边关托起的一朵七色花蕾,迎风摇曳。

路过王老汉种的苹果地,贺衍忍不住失声笑起来,地里的苹果苗,横竖都是一条线,间距相等,像受阅的士兵。树苗长势良好,不少树枝已冒出细小的嫩叶,茁壮生长。来到苹果实验园，残阳嵌入山间，他把鼻子凑到花朵前，深深地吸一口，有杏仁的清香。眼前的花，像小时候在田间见到的白蝴蝶，粘在了树枝上，要翩翩起飞。

王葛蛋望着苹果花出神，忽然看见他，惊奇地问："你不开会，怎么回来了？"

贺衍抠抠耳朵里的泥巴，脱下泥巴鞋子，说有湖羊引进的新项目，就着急回来了："最近倒春寒，气温低，苹果花现在受冻，轻则减产，重则绝收。"

连夜，他俩发动村民，在果园周围点燃一个个火堆，在上面盖上湿麦草，让浓烟冒出来，为果树驱寒保暖。夜里，看王老汉独坐在火堆旁打盹，便上前搭话："王鹏鹏最近情况咋样？"

"成天待在家里，不爱言语，手机不离手。"李老汉忍不住叹息。

"关键是给孩子鼓励，找些力所能及的事做。你有什么想法？"

"从内心来讲，当贫困户，鹅不愿意。只是……"王老汉的话，扼在喉咙没出来。

贺衍安慰道："你目前负担重，组织扶你一把，不要有思想负担。"

"孩子，是鹅的心病，如果哪天能看到娃笑了，那等于是救了鹅的命。"王老汉满脸的皱纹里映着无奈。

五

6月的天气，榆树已经长出绿叶。零星的鸡叫狗吠猪哼哼，像是村子的呼吸。那天跑步，贺衍迎面碰到一个人赶着山羊过来，山羊边跑边拉着羊粪蛋，咩咩叫个不停。村里人常说，山里的羊，喝的是山泉水，吃的是地椒，拉的是六味地黄丸。那人迎面过来，也没朝他看一眼。走过了，却觉得有点面熟。突然，他记起来了，这不就是耿军军嘛，连忙回过头问："放羊去呀？"

男人并没有应他，赶着山羊走了。

贺衍便跟在后面："我跟你一块放羊去。"

男人开口了："放羊有甚好跟的？"

山羊爬上山坡，钻进草丛里不见了。耿军军也不去管它们，回头看见贺衍还跟着，便停下问："还跟着我做甚？"

"精准脱贫第一步，就是深入群众。"

耿军军弯腰拾了些干柴，生了一堆火，贺衍也在火堆旁坐下来："小时候，我也喜欢跟爹放羊，满坡的羊像天上的云，白茫茫一片。"

耿军军板着的脸松动了些："我以前养过上百只羊。羊温驯，我能听懂它的叫声。"

听着这些新奇的谈论，贺衍对眼前这个曾扬言要亮刀子的人，有了不同的看法："那你想不想再养湖羊？"

耿军军眼里分明闪过一缕光亮："湖羊，是个甚？"

"是羊的一个品种。政府提供种羊，中石油负责羊场。做个养羊专业户，你最合适了。"有一句话贺衍没有说出口，给你一份稳定的工作，王家坪的脱贫攻坚就没了后顾之忧。

"你看得起我，但是，真不行。"耿军军眼神里的光，又变冷了。

"怎么不行？"

"我实话给你说，我有癫痫，就是羊角风。那东西来了就像被鬼上身，身上没一个地方受控制。每次犯病，我都想还不如死了。"

贺衍吓了一跳，心里就开始懊恼。对因病致贫的家庭原因，他还不了解，说明工作还没做细致。

"有病了咱就治病，对于因病致贫的现象，我们也有帮扶措施。"贺衍脑洞飞速地转着，想了想又说，"我去申请医疗帮扶的资金，要有可能，把病治好。即使治不好，控制病情减少发作，也是好的。"

太阳慢慢地斜过头顶，六只山羊从草丛里钻出来，肚子已经吃胀了，围在他俩身边，咩咩地叫个不停。

"要是有个养殖场，我一定能养好。"耿军军好像还有话要说，却又缄口不语，起身赶着羊，向村子走去。

转眼就到了7月。这些日子，贺衍有些心急火燎了，六户精准扶贫特困户，脱贫项目虽都在实施，进度却各不相同。养鸡、养蜜蜂的人家，看着口袋里的票子，心里像蜜一样甜。种苹果园的两户人家，看着才半人高的树苗，不时地吐几句牢骚。贺衍安慰道："两年后树苗挂果，往后卖钱如同摘树叶子。"更让他担忧的是，月底李雪松要来慰问检查，要是特困户趁机告黑状，自己就只有喊爹喊娘了。万般无奈，只得跟这两家人家套近乎了，每天早早去园子里帮着做活。

那天，看到王葛蛋拧着眉头，一问才知道，村里有一大半人提出质疑，说湖羊没养过，也不知道好不好养，好不好卖。他急得直跳脚，跟王葛蛋商量对策，似乎也没辙了。

这时，耿军军大步流星地从门外面进来，王葛蛋警惕地问："你，怎么来了？"

"我想养湖羊。"耿军军对他俩笑着说。

王葛蛋悬着的心没有落下，又被这句没头没尾的话弄得紧张起来，便大声地警告："现在是扶贫关键期，你可不能再胡来。"

"用老眼光看我，是不？我上网查了，湖羊品种是好，但养殖要求高，集中饲养成本小，效益高。所以我想学习养湖羊。"耿军军的笑非但没少，还多了几分自信。

贺衍听完，一拍大腿说："这个主意不错，成立集体经济合作社饲养湖羊，让贫困户在羊场上班，也是一条致富的好路子。"

村委连夜召开会议，商定集体经济合作社的湖羊养殖模式，选耿军军为养殖员。看着这个方案，贺衍脸上生出一种憧憬。敲定跟市里的龙头企业国盛合作，已经是一个月后的事。当时，国盛公司正忙于与各县区规模化养殖合作，对于王家坪"小单子"一点都提不起兴趣。贺衍天天沟通，别人忙，他就等，等不上，就打地铺继续等。一个月时间，公司老总记住了这个脸上有疤的男人，和他签订了一纸协议，为期三年。湖羊在陕北属于新型品种，村里派耿军军赴国盛养殖基地"深造"。他拍着胸脯保证，一定学到科学配比、绿色养殖方法。

贺衍将二百只湖羊，装上开往王家坪的货车。到了山下，羊下车前，他先下了车。下车才发现，村民早已站在那里，大伙的眼里满是希冀。李雪松也带着慰问的人站在车旁边："贺扶贫，让你的羊崽们下车吧！"

大伙看着一群卷毛的绵羊，轻盈地跳下来，靠近水槽后像孩子一样，嘴唇轻轻吸吮，喝完咩咩叫唤，慢腾腾地顺着山路，向村里走去。贺衍向李雪松介绍："按照繁殖规律，这湖羊两年三胎，每胎二到四只，村里到年底存栏量能达到八百只，纯利润能有二十五万元。"

"一定要把羊看管好，让湖羊成为脱贫增收的产业支撑。"李雪松说。

"这些羊崽，对我来说就像娃儿一样，我肯定把它们管好了!"耿军军笑得嘴巴咧到耳朵根。

"山地苹果发展壮大,湖羊项目顺利落地,王家坪眼看着就要翻过这道坡了。"李雪松说完,指了指上山的坡,"带我们去看看老乡吧。"

"王家坪有三个小组,一百一十户,山地一千五百三十五亩,在外打工一百零五人,空巢老人六十八人,留守儿童四十二人,五保老人八人,困难户二十一户,建档立卡特困户六户,村口的王老汉就是其中之一。"贺衍边走,边如数家珍地报出这串数字,说完抬脚进了王老汉家。

这个熟悉的院子,比以前宽敞了,荒草干净了,堆成山的玉米棒子不见了。阳光照进院子,循着光线望去,王鹏鹏坐着轮椅看着大家,但眼神里还是露着一丝胆怯。王老汉端出来一盘瓜子:"家里从没进过这多的人,尝尝鹅种的。"

"家里还有啥困难,给我说说。"李雪松坐在院子的矮凳子上,握着王老汉的手。

"鹅以前太恓惶,现在能拿合作社的工资,日子就比以前好了。"说着,老汉驼下去的背,也好像挺起来了些。

"我看了一路,觉得村里种植、养殖两大产业结构,逐步清晰,这是好事。"李雪松舔了舔被风吹裂的嘴唇,"但目前的销路,是个大问题。"

"要是能把进村的路修一修,就好了。"贺衍赶上前说,"眼看着苹果结了果,猪崽长成架子猪,蜂巢的蜂蜜装满了,这些东西拉到县城卖一次，转手变成红票子。"

"既然说到这了，我说说想法。"李雪松站起来，"修路是让车开到田间地头，电商是把东西卖到全国，这是两条腿走路。"

贺衍脸上生出一种敬仰："要是把这两条路打通了，把乡亲的土特产，都像蚂蚁搬家一样运到山外，致富就有了两只翅膀。"

六

榆树叶黄了。狗吠猪叫，鸡鸭和鸣，果园苹果压枝，圈里湖羊咩咩，秋色愈来愈深。

"修路！"在召开的村民会上，贺衍说出自己的想法。村民听了，蜂拥而上，把他们围在中间，虽然这是众人盼了几十年的事，但真修路，大家的反应还是超出他的预料。老头、妇人唾沫横飞，七嘴八舌。他听懂了大家的顾虑，路面占了东家一寸，影响了西家门口。这树是他家的，砍一棵树苗得赔钱，路修到谁家地里，也想找事赔俩钱。

这时，王葛蛋喊道："大家都别吵了，听我说两句。"结果众人仍讲个不停，"那你们继续讲，一直到讲完为止。"他说完推开人群坐在榆树下，掏出烟点上，见众人不再吭声了，才掐灭烟头，说话自带扩音器，"大家想想以前，四婶难产，就因为路不好，耽搁了时间，大人和孩子都没保住。大家想想现在，山外的姑娘，说啥也不往咱村嫁；村里的年轻人，说啥都要往外跑。修路是咱唯一的出路。这次乡里重视，也专门拨发扶贫资金，我们赶上了党的好政策。"

贺衍说："凿一尺宽一尺，修一丈宽一丈。苹果成熟、羊出栏前，一定要把路修通。"

这话起了作用，耿军军带头喊："修路！哪怕蜕层皮也要修！"

这边的路开修了，那边的电商却一筹莫展。那天贺衍带着电子商务培训人员走到村口，碰见王老汉，便叫住说："你娃在外面打过工，估计对电子产品感兴趣。你问下想不想参加电商培训？"

"还有这好事，不过这电商，是个甚？"王老汉听了眼睛发亮。

"这东西，说远了也很远，说近了就是手机连个网，把鸡窝里的鸡蛋卖到山外去。"贺衍笑着说。

"真是神了，甚网能挂得住鸡蛋。"老汉先摇头，又点头，"但你说的，鹅就信！"

"不是用网挂鸡蛋，是把鸡蛋拍成照片放网上，买的人看到了先付款，再用快递送过去。"贺衍讲得浅显，以便王老汉回家能讲给儿子听。

"以前，鹅不信，现在鹅信了。"王老汉说着，移脚小跑着去了,"你说的都能成!"

刚喝完一杯水的工夫,太阳还没完全从榆树上升起来,王老汉就推着儿子,走进了村支部,脸上带着讨好的笑。

培训进行了半个月,技术员与县里的电商平台对接,建了店铺,开了账户,将土特产拍成图片,挂在网上展示。村里将会议室腾出十平方米,设立王家坪电子商务服务站,让王鹏鹏当站长。这个沉默的小伙子,一天天忙碌起来。

无路难,开路更难,这边修路的工程,推进缓慢。施工队纵使有大型机械设备,在"之"字路的拐角,还是需要人工在悬崖上像荡秋千一样打炮眼。有经验的村民带着钢钎、铁锤,向悬崖绝壁挑战。很快,先前筹备的修路物资所剩无几。情急之中,贺衍又向李雪松求援,单位的人自发捐款,筹够了第二笔修路经费。全村老少齐上阵,钢钎大锤震天响,配合施工队在悬崖上一寸一寸推进这条"石油路"。

那天早上,贺衍绕着院子跑了几圈,抬头看见王葛蛋走过来,便一同走进会议室,里面重新粉刷的墙面白得耀眼,墙上挂着的电商操作流程,上面密密麻麻,有许多红笔圈出来的道道和标注的三角形。墙下的货架上,依次摆着鸡蛋、小米、核桃、蜂蜜、荞麦。

看到王鹏鹏坐到轮椅上埋头填单子,他苦笑着摇头。这个年轻人自从做了电商,就像变了个人,天天给他推送微信,让转发这样那样的内容。贺衍问:"哪儿的订单?我帮你填。"

203

王鹏鹏从轮椅上抬起头:"行啊,你的字好看。"

陕西五斤小米,甘肃十斤核桃,宁夏两瓶蜂蜜、十斤小米,订单五花八门。填完订单,贺衍已经被电暖气烤得暖烘烘的,脱下冲锋衣放在桌上:"感觉咋样?"

王鹏鹏面带微笑:"生意还不错。"

"效益啦,效益咋样?"王葛蛋问。

"给你看看账本,每一笔账都在这里。"说着递过厚厚的笔记本——

第一笔销售收入,一千五百元。

产品成本、包装费、父亲摩托车油耗、快递费,一千三百六十元。

净赚,一百四十元。

第二笔……

"不错嘛!每笔账都记得清清楚楚,都写了十几页了。"王葛蛋拍了拍本子。

"每次写这个账,都感觉像是给我打了一针强心剂。"说到这里,王鹏鹏还神秘地问,"你们知道我现在有多少微友?"

贺衍大着胆子猜:"一千。"

王鹏鹏摇头。

意识到说少了,王葛蛋说:"两千。"

王鹏鹏得意地笑了:"四千,我有四千多微友!"

俩人有些纳闷,他待在村里,每天就这么几个人,怎么会加那么多好友。王鹏鹏还给他看了自己的抖音,一个个浏览下去,有一个抖音视频他点开了:耿军军头上沾着碎草屑,脸上挂着土,在羊圈捧起一只小羊:"这是纯天然的湖羊,绿色食品。"视频拍得有些晃,也没经过什么加工。说的方言,听起来生硬,但看着却很温馨。

说着话,王鹏鹏还不断回复信息:"关键是咱们的货好,客户一般都是回头客,吃得好才能介绍给身边人。"

王葛蛋说:"我看本子上记的,小米多一些。"

"口碑好。县上瞄准小米做宣传:小米加步枪,健康有营养。熬上特别黏锅,颜色金黄,上面还有一层米油。"王鹏鹏十指飞舞着,在手机屏上敲字,"现在每天都很充实,都忘了我是个残疾人。"

说话间又接两单,订的是小米。每次有订单进来,王鹏鹏眼里总会冒着光。贺衍忽然意识到,如果经济贫困是硬贫困,那么精神贫困就是软贫困。电网就是深度软扶贫,重拾起了这个年轻人的信心。

说着话,王葛蛋指了指他的衣服,他才意识到桌上衣服口袋里的电话一直在振动。接起电话,听筒里的声音时断时续,他把手机贴着耳边,让对方大声了,才听清楚:"出事了,出大事了!"

俩人起身,直奔修路现场。

下山的水泥路冬天前必须铺设完工,眼看着路基铺好了,施工队赶在天冷前,铺上五厘米的水泥石子,就可以抛光定型。结果那天铺的水泥,一夜间被毁了,而罪魁祸首是两头猪。

说来也好笑,王老汉家的两头猪,踏着这条路完成了它们一夜的逃亡之旅,天亮前,又折返回来踩在了刚刚铺好的水泥路面上。水泥路,成了小猪佩奇踩泥坑的游乐场。

人为了修路赶进度迁怒于猪,猪没有察觉到自身所犯的错误,只感觉到人的不怀好意。足足有两百斤重的两头猪,看到赶来的人握着铁锹洋镐,扭着屁股跑起来,四只蹄子像鸭子在划水。人群中的王老汉吆喝着:"喽,喽喽喽,可怜的猪,要冻死了。"

对付受惊的猪,靠轰已经是不行了,贺衍来不及多想便喊起来:"截住,先截住再说。"

人容易犯的错误,往往是高估自己的实力,"之"字形的山路上,猪被堵在拐弯处,一边是悬崖深沟,一边是里三层外三层的人墙,对峙就这样僵持下来。人群往前走,猪往路边退,等两只猪身子都挨在一起,后面肥硕的屁股已经悬在沟边,再无路可退。猪哼哼着,用嘴拱着腥臭的水泥沙子,眼睛盯着人手里的兵器,两只前蹄用力刨地,从一味地退守防御转为拼死突围。但人早已看穿了这点,王葛蛋从路边捡起一只空水泥袋,准备在猪冲过来时套住猪头。猪一惊,转了个弯,从站在旁边的贺衍腿下冲过去。跑掉的猪将人掀翻在地,径直地朝山上逃,逃跑时屁股上挨了洋镐把的攻击,嘶哑惨叫。另一头猪没逃出包围圈，虎视眈眈地哼哼。王葛蛋气急败坏："操，这猪疯了。"贺衍爬起来，龇着牙搓搓屁股，重新堵住了刚才被撕开的缺口。人往前移，猪脚下的地更小了。王老汉驼背弯腰，缺陷在这一刻化成优点，他的两只手离猪最近，而且出击快速，他一把将猪耳朵提在手里，手指甲嵌入猪皮："快上手，这猪力气大。"王老汉吆喝，"抓腿，抓住腿绊倒它。"人们七手八脚扑上去，贺衍抓住了另一只猪耳朵。猪头和半个身体被提起来，激烈挣扎也无济于事。几次尝试后，在力量悬殊的对弈中，猪暂时放弃了抵抗，嘴里呼着热气。人们也放松了警惕，好似笃定了缴械投降的罪犯，在等待正义的审判。

不承想，罪犯在束手就擒前，还要做殊死一搏。猪积攒了力气，忽然后蹄一蹬地，跃起半尺，撞在贺衍身上。贺衍又一次倒地，和上次不同，这次摔下去后半个身子掉到了沟边上，而撞翻他的猪，却子弹一样掉下深渊了。

人都说，死前会看到一些画面，这可能就是他在这世上最留恋的事了。他脑子忽然闪现出那个新买的保温杯。那天他走进店里，看到妻子第一次送他的同款保温杯，拍了照片发给妻子说，你送给我的保温杯，不再保温。刚看到了同款的杯子，希望你再送我一次。这一年时间，他们的问候，少得可怜，除了微信里每天说"晚安"。这样简单的两个字，每写一遍，心就在往下沉一分，他真怕哪天会和前面的那个扶贫干部一样，哭一鼻子不干了。

贺衍的两只手，在空气中胡乱抓着，但什么也抓不住，只有从下往上吹的风，刀子一样划过指尖。忽然，意识到身体没有下降，脚被什么东西拽着时，他才听见上面喊："抓紧，往上拉!"随即，身体一点点上升，后背被压路机碾过了一样，火辣辣地疼。

终于，贺衍感觉自己的视角和天平行。意识也慢慢在恢复，身体却控制不住地战栗，嘴巴明明在动，却发不出一点声音。眼前的天空，从橘红化成浅蓝，后变成微白，最后连同意识一起，消失在黑色里。

| 后记 |

用文学塑造不朽的石油精神

早上9点钟,是这个城市图书馆的开门时间。

我跟着排队的人流,占位打卡,坐在图书馆的文学区,背后是一摞一摞书籍。那些气息陈旧的纸张,像发光的太阳,让人温暖踏实。

在写作的路上走得稍久了,才发现路上奔跑的,哪怕是路边歇脚的,行走起江湖来都如鱼得水,古代、现代的作品信手拈来,国外、国内的理论如数家珍。

而这恰恰是我的短板,不仅让我脚步踉跄,写作也蹑手蹑脚。所以,我泡在图书馆里当书虫,啃书阅读汲取养料。

在图书馆,我读到了许多早期的石油文学作品,从这些作品中知悉了更早的石油勘探历程,并被那些用生命叩动大地的壮举震惊。

石油和文学有着不解之缘,早在石油工业初期,我国的第一个石油基地玉门油田,就曾有李季、李若冰、余念等一批作家在那里体验生活,创作出《石油城》《柴达木手记》《铁人》等作品。

石油和文学相融相通，石油是可以燃烧的，这就像一部好的作品，有着火的透明和灼热的温度。石油是可以喷涌的，就像文学创作需要激情一样。这些作品流传下来，构成了文学丰富多彩的长卷，让石油文学成为中国文坛百花园中娇艳的一朵。

中午12点，我一般会站在图书馆斜对面的老碗面馆前。

站在那里，是为了散去图书馆中央空调塞进皮肤毛孔里的冷气。那感觉像是数九寒天挂着一身寒气，一下子坐进桑拿房里。

站着就喜欢看一看，看咽着口水等面的食客，看门口的那副对联：一个蒸馍一碗面一方传承出蓝田；塬上厨子原先味原来粮食自尚寨。

等裤带一样宽的白面条出锅，热滚滚的熟油刺啦浇下去，肉臊子、辣椒面、绿韭菜的香味蹿上来，直往鼻子里钻。

那个大老碗，盛得下天下。头埋进碗里吸溜着，就着两瓣新蒜喝一口面汤，一碗面见了底，也撂倒了一个嗜面如命的西北人。

再回到图书馆，就能敲出一些字来，这本书里的很多篇章都是在那些下午敲出来的。那时还不知道有白噪音这样一种神奇的存在，只是那个空间，敲击键盘的手能快速移动，思维天马行空。

这部小说集里选编的作品，均已在省部级以上刊物刊发。

我常想着,如果写作是石油钻井的话,我想在这个基准点钻得更深一些。

我渴望采撷"采油树"开出的花朵,遵循石油前辈的精神火焰,描摹石油人的生活册页,用文学塑造不朽的石油精神。

文学是以语言为入口,故事为巷陌,抵达良田美池。我写乌云,也写乌云的金边;我用笔取景,也是想拍出更多石油人的剪影。

感谢长庆文联的特别关注,让我全身心投入创作中。

感谢单位的鼎力支持,为作品的完成提供自由舞蹈的静谧之地。

感谢邱华栋先生审读拙作,并给予评价鼓励。

感谢徐可先生拨冗为小著作序,让作品平添了一份信任。

感谢我的家人,在无数个深夜清晨,在我疲惫甚至气馁时,给予我的精神动力。

感谢春风文艺出版社的优秀编辑们,还有给予我帮助的师友们,在此一并谢忱。

最后,感谢文学之光,照亮我,指引我,向阳而生。

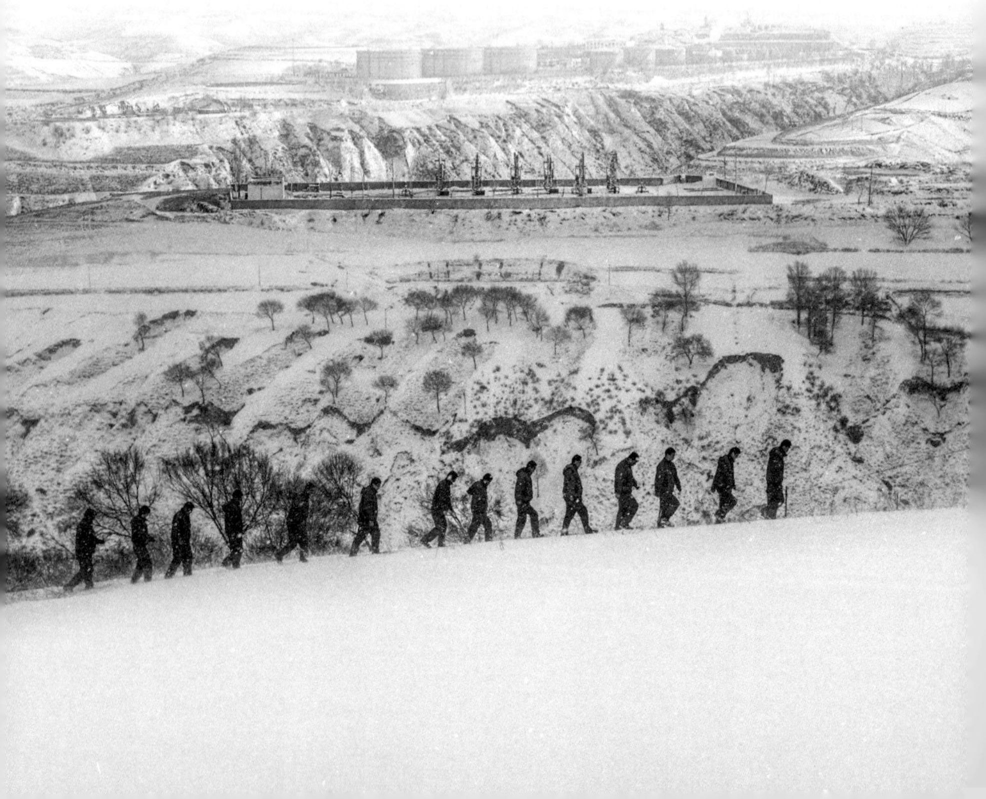